KB172802

내부로부터의

행 복

오쇼 라즈니쉬 / 엄영선 엮음

志成文化社

내부로부터의

행복

머리말

우리는 흔히 합리적이라거나 이상적이라는 말을 명분으로 내세워 다른 사람의 삶이나 그 사회를 간섭하고 바꾸려고 한다. 실제로 그러한 일들은 현실 속에서 얼마든지 일어나고 있다. 그러나 사실 그 이면을 자세히 살펴보면 그것은 자신의 개인적 사고이거나 잘못된 생각인 경우가 많다. 세상은 다양한 사람들이 모여 살고 있는 커다란 집합체이다. 국가와 민족이 다르고 상호간에 이해관계가 다르고 또한 종교와 사상이 다르다. 우리가 지혜롭게 사는 길은 먼저 남은 나와 다르다는 것을 인정해야 한다. 나와 다르다고 해서 모두를 배척하거나 나와 동류로 만들려고 해서는 안 된다. 물론 잘못된 것은 고쳐 나가야 한다. 그러나 이때에도 우리는 나부터 생각하지 않으면 안 된다.

'내 자신의 삶은 부끄러움이 없는가?'

'나는 누구인가?'라는 반성과 함께 존재에 대한 의문, 그에 대한 깨달음을 얻기 전에는 함부로 남의 인생에 끼어들어서는 안 된다. 내가 나를 모르면서 남을 교화시키겠다고 나선다면 웃음거리가 된다. 양복을 입은 사람에게는 중절모와 구두가 어울린다. 양복에 갓을 쓰게 하고 고무신을 신기는 우를 범해서는 안 된다. 이 세상에 존재하는 모든 것들은 그들 나름대로 존재의 이유가 있다. 그런 면에서 이 책은 의미가 있다.

이 책의 저자인 '오쇼 라즈니쉬'는 이미 21세에 첫 깨달음을 얻은 후 '삶도 사랑하고 죽음도 사랑하라'라는 강의를 끝으로 영면의 세계로 떠난 이 시대의 진정한 성자이다. 그의 가르침은 오류를 범치 않으면서도 걸림이 없으며, 인간의 본질과 본성을 파고든다. 또한 인간의 내면을 흐르는 우주적 자아를 깨닫토록 유도하고 있다.

만일 모든 사람들이 이와 같이 '진정한 나'를 찾아 깨달음을 얻을 수만 있다면 세상은 정말 아름다운 낙원이 될 것이다. 이제 그 길을 이 책이 인도하고 있다. 아주 평범하고 재미있는 이야기를 통해서 우리들을 깨달음과 행복의 세계로 안내하고 있으며, 그 법열 속으로 들어갈 수 있도록 도와주고 있다. 따라서 이 책을 읽고 난 독자라면 삶에 대한 시각이 달라질 것이다. 모든 문제는 나에게 있고 그 해답도 나에게 있음을 알게 될 것이다. 물론 행복과 불행도 내 안에 들어 있다. 단지 그것은 선택의 문제이다. 가급적이면 행복을 선택하기를 바라며, 꼭 그렇게 하기를 기원한다.

차례

코란과 쥐

한번은 물라 나스루딘이 급하게 나를 찾아왔다. 그는 몹시 혼란되고, 슬프고, 당황해 보였다. 그가 말했다.

"나는 지금 큰 혼란에 빠졌습니다. 문제가 생겼습니다. 당신이 알다시피 나는 맹목적인 신앙인이 아닙니다. 나는 이성적인 사람입니다."

내가 물었다.

"그래서 무엇이 문제인가?"

그가 말했다.

"바로 오늘 아침, 나는 쥐 한 마리가 코란 위에, 신성한 코란 위에 올라앉아 있는 것을 보았습니다. 그래서 나는 혼란에 빠졌습니다. 만일 코란이 그 평범한 쥐에 대항하여 자기 자신조차도 보호할 수 없다면, 어떻게 그것이 나를 보호할 수 있겠습니까? 나의 모든 신앙의 기초가 흔들리고, 나의 전존재가 문제에 직면했습니다. 이제 나는 더 이상 코란을 믿을 수 없습니다. 그러니 어떻게 하면 좋습니까?"그래서 나는 그에게 말했다.

"이것은 단순한 논리의 문제다. 이제 그대는 코란 대신 쥐를 믿으면 된다. 왜냐하면 쥐가 신성한 코란보다 더 강하다는 것을 눈으로 직접 목격했기 때문이다."

물론이다. 강함이 인간의 마음에는 유일한 기준이다. 인간의 마음이 추구하는 것은 힘이다. '권력에의 의지'를 말한 프리드리히 니체는 전적으로 옳았다.

나는 뮬라 나스루딘에게 말했다.

"인간은 권력에의 의지 이상의 아무것도 아니다. 이제 자네는 쥐가 신성한 코란보다 더 힘이 세다는 것을 당신의 눈으로 목격했다. 그러니 코란 대신 쥐를 믿으라."

그는 내 말에 설득 당했다.

물론 그 논리에서 빠져나갈 방법이 없었다.

그래서 그는 그 쥐를 숭배하기 시작했다.

그러나 머지않아 그는 또다시 문제에 직면했다. 왜냐하면 어느 날 그는 고양이가 그 쥐를 잡아먹는 광경을 목격했던 것이다. 그러나 이번에는 그는 나를 찾아올 필요가 없었다. 이제 그 스스로 문제를 해결할 수 있었다. 그래서 그는 고양이를 숭배하기 시작했다. 그러나 또 다시 문제가 발생했다. 개가 그 고양이에게 달려들자 고양이는 꼼짝하지 못하고

서 벌벌 떠는 것이었다. 그래서 그는 그 개를 숭배하기 시작
했다.

하지만 또다시 문제가 생겼다. 어느 날 그의 아내가 그 개
를 죽도록 두들겨 팼다. 그래서 그는 다시 나를 찾아와서 말
했다.

"이제 이것은 너무 지나칩니다. 나는 쥐나 고양이나 개는
숭배할 수 있어도 나의 마누라만은 도저히 숭배할 수 없습니
다. 남들이 뭐라고 하겠습니까?"

나는 그에게 말했다.

"나스루딘, 자네는 이성적인 사람이다. 이성적으로 행동
하려면 그렇게 해야만 한다. 뒷걸음질 치거나 움츠러들어선
안 된다. 그것을 받아들여야만 한다."

그러자 그는 말했다.

"그렇다면 이렇게 하겠습니다. 아무도 모르게 마누라의
사진을 들고 내 방으로 들어가 안으로 문을 잠그고 나서 그
녀를 숭배하겠습니다. 하지만 제발 그녀에게는 이 사실을 말
하지 마십시오."

그래서 그는 비밀리에 아내를 숭배하기 시작했다.

모든 일이 잘 되어갔다. 그러던 어느 날 물라 나스루딘의
아내가 나에게 달려와 말했다.

"지난 며칠간 뭔가 잘못된 것이 틀림없어요. 아무래도 제 남편이 약간 미친 것 같아요. 한동안은 쥐를 숭배하더니 그 다음엔 고양이와 개를 차례대로 숭배하고, 그러더니 지난 며칠간은 자기의 방에서 은밀히 뭔가를 하고 있어요. 문을 안으로 잠그고 아무도 들어오지 못하게 해요. 그래서 너무도 궁금해 오늘 아침 몰래 열쇠구멍으로 들여다보았더니, 정말 해도 너무했어요!"

내가 물었다.

"그가 무엇을 하고 있던가?"

그녀가 말했다.

"와서 직접 눈으로 보십시오."

그래서 나는 어쩔 수 없이 그녀를 따라가 열쇠구멍으로 안을 들여다보았다. 뮬라 나스루딘은 벌거벗고 거울 앞에 서서 자기 자신을 숭배하고 있었다.

그래서 나는 문을 두드렸다. 그가 밖으로 나와서 말했다.

"이것은 논리적인 결과입니다. 오늘 아침 나는 화가 나서 마누라를 때렸습니다. 그 순간 나는 깨달았습니다. 내가 마누라보다 더 강하다. 따라서 이제 나는 내 자신을 숭배하고 있는 것입니다."

이것이 인간의 사념이 에고를 향해 발전해 가는 방식이다. 최종 목적지는 '나' 이다.

신혼여행과 강도

　물라 나스루딘이 결혼을 했다. 그래서 산 속으로 신혼여행을 떠났다. 바로 그 첫날밤이었다. 한밤중에 누군가 문을 두드렸다. 나스루딘이 일어나 문을 열었다. 그랬더니 손에 총을 든 남자가 서 있었다. 강도였다. 그가 안으로 들어왔다. 그러나 그는 물라 나스루딘의 아내를 보자 강도질 하는 것을 잊어먹었다. 그녀는 대단히 아름다웠다. 그는 자신이 강도라는 사실을 망각했다.

　강도는 물라 나스루딘에게 말했다.

　"너는 저 구석에 서 있어라"

　그러더니 강도는 나스루딘의 주위에 원을 하나 긋고 나서 말했다.

　"이 원 밖으로 절대 나오지 말라. 한 걸음이라도 나오면 죽을 줄 알라."

　그리고는 나스루딘의 아내에게 키스를 퍼붓고 그녀와 정사를 벌이기 시작했다. 강도가 가버리자 아내가 소리쳤다.

"도대체 당신은 무슨 사람이 그래요? 원 속에 서서 다른 남자가 자기의 아내와 정사를 벌이는 것을 쳐다보기만 하고 있다니요?"

나스루딘이 말했다.

"나는 겁쟁이가 아니야!"

그는 의기양양해서 소리쳤다.

"그 강도가 나에게 등을 돌릴 때마다 나는 원 밖으로 한 걸음씩 나왔다가 들어갔단 말이야. 그것도 한 번이 아니라 세 번씩이나!"

이것이 바로 에고가 자신을 유지하는 방법이다. 원 밖으로 살짝 한 걸음 나왔다가 들어간다. 그것도 강도가 등을 돌렸을 때만, 죽음의 위협이 없을 때만 그렇게 한다. 그것도 한 번이 아니라 세 번씩이나! 그래서 자랑스러움을 느낀다.

장교와 겁쟁이

한 번은 이런 일이 있었다. 전투 중에 맨 앞줄에서 싸우고 있던 병사가 갑자기 겁을 먹었다. 그래서 그는 뒤쪽을 향해 달아나기 시작했다. 한 장교가 그를 불러 세우고서 말했다.

"무슨 행동을 하는 거야? 어디로 가고 있는 거야? 지금은 전투 중이다! 너는 겁쟁이인가?"

하지만 그 남자는 너무나 겁을 먹었기 때문에 대답할 겨를조차 없었다. 그는 계속해서 뒤로 달려갔다. 그 장교가 뒤쫓아와서 그를 붙잡고 말했다.

"어디로 도망치는 거야? 왜 대답을 하지 않는 거야? 내가 누군지 모르겠어? 나는 너의 부대장이야!"

그러자 그 병사가 말했다.

"오, 하느님! 내가 그렇게까지 멀리 후퇴했단 말인가?"

　그대의 장교들, 그대의 지도자들, 그들은 언제나 뒤에 서있다. 그들은 절대적으로 안전하다. 그들에게는 아무런 문제가 없다. 그들은 자신들이 가장 용감하다고 주장하는 완벽한 겁쟁이들이다.

　다른 사람들이 그들을 위해 죽어 가는데 그들은 맨 뒤에 서 있다. 그들은 모두 그들 내면의 감정과는 정반대의 것을 드러내 보이고, 그러한 분위기를 연출하는 겁쟁이들이다. 이것을 기억해야만 한다. 오직 그때만이 그대는 제 3의 가능성을, 즉 '두려움 없음'을 기억할 수 있다.

술의 진가

한 위대한 감정가에 관한 이야기가 있다. 그는 술 감정가였다. 한 친구가 그를 집으로 초대했다. 그는 아주 오래된 귀한 술을 여러 병 갖고 있었기 때문에 그것들을 이 술 감정가에게 보여주고 싶었다. 이 사람의 평가를 받고 싶었다.

친구는 그에게 자기가 가진 술 중에서 가장 귀한 술을 내놓았다. 그 사람은 그것을 맛보고는 침묵을 지켰다. 아무런 말도 하지 않았다. 술이 좋다는 말조차 하지 않았다. 그래서 친구는 기분이 상했다. 그래서 그는 이번에는 아주 싸구려인 평범한 술을 내놓았다. 그는 그것을 맛보고는 말했다.

"대단히 좋은 술이군! 아주 훌륭해!"

친구는 당황해서 말했다.

"나는 영문을 모르겠네. 가장 귀한, 가장 값비싼 술을 내놓았을 때는 아무런 말도 하지 않더니, 이 평범한 싸구려 술에 대해서는 훌륭하다고 말하다니, 그 이유가 무엇인가?"

그 감정가가 말했다.

"첫 번째 술에 대해서는 아무도 무슨 말을 할 필요가 없네. 술 자체가 그 진가를 말해 주고 있지. 하지만 두 번째 술에 대해서는 뭔가 칭찬을 해줄 필요가 있어. 그렇지 않으면 그 술은 기분이 상할 테니까."

그대가 절대적인 확신을 말할 때 그대는 안다. 실제로는 그것이 절대적이지 않다는 것을. 그렇기 때문에 자신도 의식하지 못하는 사이에 그것을 말하고 있다. 말을 할 때 깨어 있으라. 그리고 조심스럽게 단어를 사용하라.

인간의 본성

물라 나스루딘이 치안판사로 임명되는 일이 벌어졌다. 그는 자기 집 거실을 개조해 법정으로 만들고 서기와 경비원을 한 사람씩 임명했다. 그리고 아침 일찍 일어나 사람들을 기다리고 또 기다렸지만 아무도 나타나지 않았다.

저녁이 되었을 무렵 그는 무척 실망해서 서기에게 말했다.

"아니, 단 한 건도 없단 말인가? 이 마을에서는 오늘 살인도, 강도도, 어떤 범죄도 발생하지 않았단 말인가? 만일 이런 식으로 계속된다면 이 직업은 대단히 지겨운 직업이 될 것이다. 나는 무척 흥분했었는데, 단 한 건의 교통사고조차 발생하지 않았다"

서기가 말했다.

"실망하지 마십시오, 물라 씨. 인간의 본성을 믿으십시오. 조만간 무슨 사건이 발생할 것입니다. 나는 아직도 인간의 본성을 굳게 믿고 있습니다."

에고 때문에 정부가 존재하고, 법정이 존재하고, 치안판사가 존재한다. 에고가 떨어져 나가면 모든 정치가 사라진다. 정치는 에고 때문에 존재한다.

분노 없는 싸움

위대한 회교 칼리파 군주였던 오마르의 생애에서 일어났던 일이다. 그는 30년 동안이나 어떤 적과 싸웠다. 그 적은 무척 강했기 때문에 싸움이 끝나지 않고 계속되었다. 평생 동안 치러진 전쟁이었다.

결국 어느 날 기회가 왔다. 전투 중에 그 적이 말에서 떨어졌다. 오마르는 창을 들고 그를 덮쳤다. 창이 그 적의 심장을 찌르려는 찰나였다. 이제 한 순간 후면 모든 것이 끝날 것이었다. 그런데 바로 그 순간 그 적이 오마르의 얼굴에 침을 뱉었다. 순간 오마르는 창을 멈추고 자기의 얼굴을 손으로 닦은 다음 일어나서 적에게 말했다.

"내일 다시 시작하자"

적은 당혹해서 말했다.

"무슨 일인가? 나는 30년 동안 이 순간을 기다려 왔다. 너도 30년 동안 이 순간을 기다려 왔다. 나는 어느 날인가 내창으로 너의 심장을 찌르게 될 날을 기다려 왔다. 그러면 우리의 전쟁이 끝날 것이었다. 그러나 그러한 기회는 나에게 오지 않았다. 오히려 네가 그 기회를 잡았다. 너는 한 순간이면 나를 죽일 수 있었다. 그런데 왜 중지하는가? 무엇이 문제인가?"

오마르는 말했다.

"이것은 평범한 전쟁이 아니었다. 나는 맹세를, 수피의 맹세를 했다. 분노를 갖지 않고 싸우겠노라고.

지난 30년 동안 나는 분노 없이 싸워 왔다. 그런데 한 순간 분노가 일어났다. 네가 내 얼굴에 침을 뱉는 그 순간 나는 분노를 느꼈으며, 이 전쟁이 개인적인 것이 되어 버렸다. 나는 너를 죽이고 싶어졌다. 에고가 들어선 것이다. 지금까지 30년 동안 그러한 문제가 전혀 없었다. 우리는 어떤 원인 때문에 전쟁을 하고 있었다. 그대는 나의 적이 아니었다. 어쨌든 그것은 개인적인 전쟁이 아니었다. 나는 너를 죽이는 일에 아무런 관심이 없었다. 단지 나는 승리하기만을 원했다. 그런데 바로 지금 한 순간 나는 그 사실을 망각했다. 너는 나의 적이 되었으며, 나는 너를 죽이고 싶어졌다. 바로 그렇기 때문에 나는 너를 죽일 수 없는 것이다. 그러니 내일 다시 시작하자"

하지만 그 전쟁은 다시 시작되지 않았다. 왜냐하면 그 적이 친구가 되었기 때문이다. 그 적은 말했다.

"이제 나에게 가르침을 주시오. 나의 스승이 되어 나를 당신의 제자로 삼아 주시오. 나도 분노 없이 싸우는 법을 배우고 싶소."

에고 없이 싸우는 것, 그것이 최후의 열쇠다. 만일 에고 없이 싸울 수 있다면 모든 것을 에고 없이 할 수 있을 것이다. 왜냐하면 싸움은 에고의 절정이기 때문이다. 그것을 할 수 있다면 모든 것을 할 수 있다.

고릴라 사냥

한 고릴라 수집가가 고릴라를 더 많이 모으고 싶어 혈안이 되어 아프리카로 갔다. 그는 백인 사냥꾼의 오두막에 도착했다.

"한 마리 잡는 데 얼마입니까?"

수집가가 물었다.

"내 몫으로 500달러, 저기 총을 들고 있는 키가 작은 피그미 몫으로 500달러, 그리고 내 개 몫으로 500달러를 받습니다."

수집가는 왜 피그미가 500달러를 받아야 하는지 이해할 수 없었으나, 그는 현실적인 인간이었으므로 1,500달러면 적당한 가격이라고 생각하여 분배방식에 더 이상 관심을 갖지 않았다.

여행을 하면서 백인 사냥꾼은 나무 위에 올라가 감시하고 있다가 고릴라가 밑에서 올라오면 고릴라의 머리를 때렸다. 고릴라가 땅에 떨어지자 개가 달려가서 이빨로 성기를 물어서 고릴라가 꼼짝 못하게 했다. 그러는 동안에 사냥꾼은 나무에서 내려와 우리를 가지고 와서 고릴라를 그 안에 집어넣었다.

수집가는 놀라서 사냥꾼에게 말했다.

"정말이지 멋있군요! 이런 것은 내 생전 처음 봅니다. 당신은 확실히 500달러 값은 하는군요. 그리고 저 개도 - 글쎄 뭐라고 말해야 좋을지 - 저 개도 대단하군요. 그렇지만 총을 들고 있는 저 피그미는 아무 일도 하지 않는 것 같군요"

사냥꾼이 말했다.

"피그미에 대해서도 걱정 마십시오. 그도 제 몫을 합니다"

그럭저럭 그들은 고릴라를 계속 한 마리씩 잡고 있었다. 그러다가 그들은 처음부터 모든 것을 몰래 지켜보고 있었던 고릴라를 만났다. 사냥꾼이 나무에 올라가 막 고릴라의 머리를 후려갈기려고 하는 순간, 고릴라가 몸을 돌려 먼저 그를 후려 갈겼다.

사냥꾼은 나무에서 떨어지면서 피그미에게 고함을 질렀다.

"개를 쏴! 개를 쏴!"

사냥꾼은 모든 가능성에 대비해서 준비를 잘 해두었다. 우리들 인생에 있어서도 일어날 수 있을지도 모를 모든 것에 대비해서 미리 준비가 되어 있다면 마음 든든할 것이다. 준비된 인생이 성공의 열쇠다.

사자처럼

여성 조련사가 사자를 제 마음대로 다루고 있었다. 그 여성 조련사가 사자를 부르면 곧 그녀에게 다가와서 그녀의 입에 문 과자를 받아먹었다. 서커스를 구경하던 사람들은 모두 찬탄하였다. 그러나 단 한 사람 물라 나스루딘은 "저런건 누구도 할 수 있는 것이다."라고 군중 속에서 외쳤다. "그럼 당신이 한번 해 보시죠." 서커스 연기 지도자가 비웃으면서 말하였다.

"네. 물론입니다. 나도 사자만큼 잘 할 수 있어요."

물라가 대답했다.

남이 말을 할 때면 그 말의 의미를 새겨들으라. 그의 전 인격과 총체적인 말의 의미를 생각해서 들어야 한다. 오해로 인한 불협화음이 생기지 않고 정확한 판단을 할 수가 있다.

부자가 되는 방법

가난한 사람이 부자에게 물었다.
"부자가 될 수 있는 최상의 방법을 알려 주십시오."
부자가 대답했다.
"그것은 부모를 잘 고르는 것이다."

자궁을 잘 선택 할 만큼 지혜롭다면 너는 벌지 않고도 많은 것을 소유할 수 있을 것이다. 실제로는 극소수의 인간만이 그렇게 영리하다. 대부분의 사람들은 닥치는 대로 아무 자궁에나 들어가 버린다.

시인의 달

　어느 날 저녁 위대한 회교 시인 아와디 커만은 문 앞에 앉아 항아리 위에 몸을 숙이고 있었다. 그때 마침 위대한 수피 신비주의자인 타브리지가 그 앞을 지나갔다.

　타브리지가 그 시인의 행동을 바라보고 물었다.

　"지금 무엇을 하고 있는가?"

　시인이 대답했다.

　"물 항아리 속의 달을 바라보고 있습니다."

　타브리지는 미친 듯이 커다랗게 웃기 시작했다. 시인은 기분이 꺼림칙해졌다. 군중이 몰려 들었다.

　시인이 물었다.

　"무슨 일입니까? 당신은 어찌하여 그렇게 웃는 것입니까? 왜 당신은 나를 조롱합니까?"

　타브리지가 말했다.

　"네 목이 부러지지 않았다면 왜 곧장 하늘의 달을 쳐다보지 않는가?"

달은 저기 있다. 완전히 둥근 달이 저기 떠있다. 그런데 시인은 물 항아리 속에 비추어진 그림자달만 바라보고 있다. 자신 안에 들어있는 실상은 보지 않고 공연히 밖에서 허상만 쫓고 있다. 내 안에 들어있다. 완전히 충만 된 지혜의 달이 내 안에 들어있다.

여자와 삶

　뮬라 나스루딘은 그의 제자에게 삶은 여자와 같은 것이라고 말하고 있었다. 나는 놀라서 그가 말하고 있는 것을 주의 깊게 들었다. 그는 이렇게 말하고 있었다.

　"여자를 안다고 말하는 사람은 허풍쟁이다. 여자를 안다고 생각하는 사람은 속기 쉬운 사람이다. 여자를 아는 체하는 사람은 이중적인 사람이다. 여자 알기를 원하는 사람은 사려 깊은 사람이다. 반면에 여자를 안다고 말하지 않으며, 여자를 안다고 생각하지 않으며, 여자를 아는 체하지 않으며, 여자를 알고 싶어 하는 것조차 하지 않는 사람은 여자를 아는 사람이다"

삶도 또한 이와 같다. 삶을 알려고 하면 그대는 혼란에 빠질 것이다. 깨달음에 대해서는 모두 다 잊어버려라. 단지 삶을 살라. 그러면 그대는 그 것을 알게 될 것이다. 깨달음이란 지적인 것도 이론적인 것도 아니며, 깨달 음이란 전체적인 것이다. 깨달음은 언어적인 것이 아니고 비언어적인 것 이다. 이것이 우리가 삶이 신비롭다고 말하는 의미이다. 삶을 살 수는 있지 만, 해답을 내릴 수는 없다.

억압된 행동

어떤 해병이 여자라고는 한 명도 없고 거대한 원숭이 집단만이 살고 있는 외딴섬의 건초 기지로 파견되었다. 그는 동료 해병들이 모두 예외 없이 원숭이들과 성교하는 것을 보고 충격을 받았다. 그리하여 그는 절대로 그런 더러운 짓은 하지 않겠다고 맹세했다. 동료들은 그에게 마음의 문을 열라고 충고하곤 했다. 몇 달이 흘러가자 그 해병은 더 이상 계속해서 버틸 수가 없게 되었다. 닥치는 대로 한 원숭이를 붙잡았다. 친구들은 그가 행위하고 있는 것을 발견하고는 배꼽을 잡고 웃기 시작했다.

깜짝 놀라서 그가 말했다.

"왜 웃는 거지? 너희들이 언제나 이 짓을 하라고 말하지 않았는가?"

그들이 대답했다.

"그건 그렇지만 너는 어쩌면 그렇게 제일 못난 놈을 골랐니?"

억압을 하면 제일 못난 삶을 선택할 가능성이 높아진다. 억압을 하면 흥분하여 제 정신을 잃게 된다. 억압이 지나치게 커지기 전에 긴장을 풀고 삶으로 뛰어들라. 죄의식을 느끼지 말라. 살고, 사랑하고, 알고, 존재하는 것은 너의 삶이다. 신이 너에게 어떠한 본능을 부여했든, 그것은 너에게 어디로 가야 하는지 어디서 찾아야 하는지, 어디서 충족을 찾아야 하는지를 가르쳐주는 표지일 뿐이다.

기도

한 어린 소년이 기도를 하고 있었다. 그는 다음과 같이 기도를 끝맺었다.

"하느님, 우리 엄마를 보살펴 주시고, 아빠를 보살펴 주시고, 누이동생과 엘마 아주머니와 죤 아저씨와 할머니와 할아버지를 보살펴 주십시오. 그리고 하느님, 무엇보다도 부디 스스로를 돌보세요. 그러지 않으면 우리 모두가 망할 테니까요!"

이것이 대다수 사람들이 믿는 신이다. 소위 종교적 인간이라 불리는 90퍼센트의 사람들은 미숙한 인간이다. 그들이 종교를 믿는 이유는 그들은 신앙 없이는 살 수 없기 때문이며 신앙이 그들에게 일종의 안정감과 보호받고 있다는 느낌을 주기 때문이다. 그러나 그들의 신은 단지 그들이 만들어낸 신이지, 실제의 신은 아니다. 그들의 지혜가 성숙해지면, 신은 사라져 버린다.

조건 없는 사랑

한 작은 오두막집에 살고 있던 고행승의 이야기가 생각난
다. 어느 날 밤, 한밤중에 비가 억수로 쏟아지고 있었다. 고
행승과 그의 아내는 잠들어 있었다. 갑자기 문 두드리는 소
리가 났다. 누군가가 비를 피할 곳을 찾고 있었던 것이다. 고
행승은 아내를 깨웠다.

"밖에 누군가가 온 모양이오"

그가 말했다.

"나그네인지, 알지 못하는 친구가 찾아 온 모양이오."

당신은 알아차렸는가? 그는 '알지 못하는 친구'라고 말했
다. 당신은 알고 있는 사람과도 친구가 되지 않는다. 그의 태
도는 사랑의 태도였다.

고행승은 말했다.

"알지 못하는 친구가 문 밖에서 기다리고 있소. 문을 열어
주오"

아내가 말했다.

"자리가 없어요. 우리 둘이 있기에도 방은 비좁아요. 어떻

게 한 사람이 더 들어올 수 있겠어요"

고행승은 대답했다.

"여보, 이 집은 부자의 궁전이 아니오. 이 집은 이 이상 작아 질 수는 없소. 부자의 궁전은 손님이 한 명만 더 와도 더 작아 보이겠지만 이 집은 가난한 자의 오두막이오."

아내가 물었다.

"여기에 왜 가난과 부자의 문제가 나오나요? 분명한 사실은 이 집은 아주 작은 오두막이라는 거예요"

고행승은 대답했다.

"만일 당신의 가슴 속에 충분한 여유가 있다면, 이 오두막 집을 궁전으로 느낄 것이오. 그러나 당신 마음이 좁으면 궁전이라도 작게 보일 것이오. 어서 문을 열어 주오. 우리 집에 온 사람을 어찌 거절할 수 있겠소? 지금까지 우리는 누워 있었소. 세 명이 누울 수는 없을지 모르나, 적어도 세 명이 앉을 수는 있소. 우리 모두가 앉으면 또 한 사람을 위한 자리는 있소"

아내는 문을 열지 않을 수 없었다. 그 남자는 흠뻑 젖어 들어왔다. 그들은 함께 앉아서 잡담을 시작했다. 잠시 후 두 사람이 더 와서 문을 두드렸다.

고행승은 '또 누군가 온 것 같소'라고 말하며 문에 제일 가까이 앉아 있던 손님에게 문을 열어 주도록 부탁했다.

그 남자가 말했다.

"문을 열라고요? 자리가 없지 않습니까?"

조금 전 이 오두막에서 비 피할 장소를 찾았던 그 남자는, 자기에게 장소를 내어준 것은 자기에 대한 고행승의 사랑에 의해서가 아니라, 그 오두막에 사랑이 있었기 때문이라는 것을 잊고 있었다. 그리고 지금 새로운 사람들이 찾아왔다. 사랑은 새로 온 사람들을 받아들여야 한다. 그러나 그 남자는 이렇게 말했다.

"문을 열 필요가 없습니다. 이렇게 쪼그리고 앉아 겪고 있는 불편을 당신은 몰라서 하시는 말씀입니까?"

고행승은 말했다.

"친구여, 내가 그대에게 자리를 마련해 주었지요? 여기에 사랑이 있었으므로 그대는 받아들여졌던 것이오. 사랑은 아직 여기에 있소. 그대에게서 끝나고 만 것은 아니오. 문을 열도록 합시다. 지금 우리는 서로 떨어져 앉아 있어요. 그러나 바짝 붙어 앉도록 합시다. 다군다나 밤에는 추우니 붙어 앉으면 따뜻하여 기분이 좋을 것이오."

문이 열리고 새로 온 두 사람이 들어왔다. 그들은 모두 함께 앉았고 서로 알게 되었다. 그런데 얼마 후 당나귀 한 마리가 와서 머리로 문을 밀어댔다. 당나귀는 빗물에 젖어있었고 밤을 지낼 곳을 찾고 있었다. 고행승은 문 바로 옆에 있던 한 사람에게 문을 열어 주도록 부탁했다.

"새 친구가 온 모양이오."

고행승은 말했다.

그 남자는 슬쩍 바깥을 보면서 말했다.

"이것은 친구도 아니고 친구 같은 것도 아닙니다. 단지 당나귀요. 문을 열 필요가 없습니다."

고행 승이 말했다.

"아마 당신은 부잣집의 문에서는 인간이 동물처럼 취급된다는 것을 모르는 것 같소. 그러나 이곳은 가난한 고행승의 오두막집이고 우리는 동물조차도 인간으로 대접하는 데에 익숙해 있소. 문을 열어 주시오"

그러나 그 남자들은 일제히 신음하듯 말했다.

"하지만 자리가?"

고행 승이 말했다.

"자리는 얼마든지 있습니다. 앉는 대신에 우리 모두 일어서도록 합시다. 당황하지는 마십시오. 필요하다면 내가 밖으로 나가 자리를 넓혀 드리겠소."

사랑이 이만한 일을 하지 못하겠는가? 사랑으로 가득 찬 마음을 가질 때에야 비로소 인간에게 인간다움이 생겨난다.

사랑이 가득 찬 마음은 충족감과 함께 깊고 기쁜 행복감이 찾아온다. 누군가에게 당신이 조그만 사랑을 보여 준 뒤, 커다란 만족의 물결이, 커다란 기쁨의 전율이 당신의 온 몸에 퍼져오는 것을 당신은 느껴 본 적이 없는가? 만족의 가장 고요한 순간은 조건 없는 사랑의 순간에 찾아온다는 것을 당신은 알아야 한다.

진정한 나이

고타마 붓다에게는 여러 해 동안 정진해 온 제자가 한 명 있었다. 어느 날 붓다는 그에게 물었다.

"비구(남자 스님)여, 그대는 몇 살인가?"

비구는 대답했다.

"다섯 살입니다"

붓다는 놀랐다.

"다섯 살이라 구? 그대는 적어도 칠십은 되어 보이네. 그게 도대체 무슨 대답인가?" 비구는 말했다.

"5년 전에 명상의 빛이 저의 삶 속으로 들어왔기 때문에 그렇게 말한 것입니다. 저의 삶에 사랑이 쏟아진 것은 이 5년 동안뿐입니다. 그 전의 제 삶은 꿈과 같았습니다. 저는 잠 속에 있었습니다. 저는 제 나이를 셀 때 그런 세월은 셈에 넣지 않습니다. 어떻게 셈에 넣을 수 있겠습니까? 저의 진짜 삶은 5년 전에 시작되었을 뿐입니다. 저는 이제 다섯 살에 불과합니다."

붓다는 모든 제자들에게 이 비구의 대답을 마음에 잘 새겨두라고 말했다. 당신은 모두 이런 방법으로 나이를 계산해야 한다. 이것이 나이를 계산하는 기준이다. 만일 사랑과 명상이 당신 속에서 아직 생겨나 있지 않다면, 당신의 지금까지의 삶은 무효다. 당신은 아직 태어나 있지 않다. 그러나 노력을 시작할 수 없을 만큼 너무 늦다는 것은 결코 아니다. 우리 모두는 더 높은 삶을 위해 노력하지 않으면 안 된다. 그리고 그것을 위해서는 너무 늦은 것이 아니다.

사람의 생김새

어느 작은 마을에서의 일이었다. 그 마을에서는 누군가 결혼할 때마다 마을의 목사가 신부에게 키스를 하는 것이 관례였다. 그것은 오래된 관습이었다.

한 여성이 결혼을 하게 되었다. 그녀는 무척 신경이 쓰였다. 그녀는 자신이 다른 여성들보다 무척 아름답다고 생각했다. 그것은 그녀만 그런 것이 아니라 모든 여성의 속성이다. 실제로 아주 추한 여성을 포함해서 모든 여성이 그렇게 생각한다.

그녀는 자신이 무척 아름답다고 생각했다. 그래서 무척 걱정이 되었다. 그녀는 장래의 남편이 될 사람에게 거듭거듭 주장했다.

"목사에게 가서 말해요. 나는 결혼식이 끝난 뒤 그 못생긴 목사와 키스하는 것을 원치 않는다고"

결혼식 직전에 그녀는 또다시 신랑에게 말했다.

"목사에게 가서 내 말을 전했나요?"

신랑은 아주 슬프게 대답했다.

"물론 그렇게 했지"

신부가 물었다.

"그런데 왜 그렇게 슬픈 표정이죠?"

신랑이 대답했다.

"내가 가서 목사에게 그 말을 전했더니 그가 아주 기쁜 표정으로 이렇게 말하는 것이었어. 그렇다면 주례비용을 평소의 절반으로 깎아 주겠다고 말이야. 이를테면 당신이 너무 못생겼다는 거지"

그대는 줄곧 그대 자신을 아름다운 사람이라고 생각할지 모른다. 그러나 아무도 그대에 대해서 그렇게 생각하지 않는다. 왜냐하면 모두가 자기 자신의 아름다움에만 관심을 쏟기 때문이다. 그대에 대해 신경 쓸 겨를이 없다.

어떤 확신

한 수피 탁발승이 나를 만나러 왔다.

30년 동안 그는 수행을 했다. 그가 열심히 수행을 한 것은 사실이었다. 그것에 대해서는 의심할 여지가 없었다.

그는 싸움닭처럼 거의 완전했다. 그는 많은 제자들을 거느리고 있었는데, 그들이 나에게 말하곤 했다. 나무든 바위든 별이든 그가 어느 곳을 바라보든지 모든 곳에서 그는 알라를, 신의 에너지를 본다고.

그 수피가 3일 동안 나와 함께 지내게 되었다.

그는 끊임없이 알라신의 이름을 노래 불렀다. 수피들은 그것을 '기그라'라고 부른다. 심지어 목욕할 때도 그는 그 이름을 노래 불렀다.

나는 그에게 물었다.

"이유가 무엇인가? 그대는 이제 모든 곳에서 알라신을 볼 수 있다. 그런데 왜 계속해서 그의 이름을 노래 부르는가? 무엇을 위해서 이 수행을 하는가? 모든 곳에 알라가 있고 모든 곳에 신이 있다면 그대는 지금 누구를 부르고 있는가? 그리고 내면에서 그 노래를 부르는 자는 누구인가? 그것을 떨쳐 버려라! 그대가 나와 함께 있는 이 3일 동안만이라도 그대의 수행을 잊어버려라"

그는 내 말뜻을 이해했다. 그는 겸손한 사람이었다. 여전히 수행을 계속하고 있다면 아직 성취가 이루어지지 못했다는 뜻임을 이해했다.

그는 말했다.

"그 동안 나는 내가 성취에 이르렀다고 절대적으로 확신했습니다."

그래서 내가 말했다.

"그렇다면 이제 그것을 버려라"

그가 그 '절대적인 확신'을 이야기하는 순간, 그가 그 수행을 버리기가 무척 어렵다는 것이 분명해졌다. 하지만 그는 그 수행을 중단했다. 그렇게 하지 않을 수가 없었다. 그 3일 동안 나는 그를 지켜보았다.

3일째 되는 날 새벽 4시에 그가 내 방으로 달려와 나를 흔들어 깨우고서 말했다.

"도대체 당신은 무슨 짓을 한 거요? 모든 것이 사라졌소! 이제 내 눈에는 신이 보이지 않소. 사물들이 다시 나타나기 시작했소. 나무는 나무이고, 돌은 돌이 되었소. 도대체 당신은 무슨 짓을 나에게 한 것이오? 당신은 나를 죽였소. 당신은 나의 30년의 노력을 망쳐 놓았소. 당신은 친구가 아니라 적이오!"

그러나 나는 그에게 말했다.

"좀 더 침묵하고 내 옆에 앉으라. 그리고 무슨 일이 일어난 것인지 우리 한번 살펴보자. 나는 그대의 적이 아니다. 비록 그대가 30년의 생 동안 이 수행을 계속한다 해도 아무런 일도 일어나지 않을 것이다. 그대는 언제나 거의 준비가 된 상태이기만 할 것이다. 언제라도 그대가 이 수행을 멈추는 순간 그대는 과거의 존재로 되돌아갈 것이다. 그것은 사라진 것이 아니다. 그것은 숨겨져 있었을 뿐이다. 그대가 그것을 안으로 밀어 넣고 있는 것이다."

나는 말했다.

"그대의 수행은 그것을 안으로 밀어 넣는 것에 불과하다. 그대가 그 수행을 멈추는 순간 그것이 스프링처럼 튕겨져 나온다. 그대는 계속해서 그것을 누르고 있다. 그러면서 모든 것이 잘 되어간다고 생각한다. 그러나 그대가 손을 떼는 순간 그 스프링은 튕겨져 나오며, 모든 것이 옛날로 되돌아간다.

그러니 나에게 화내지 말라. 당황하지 말라. 이것은 위대한 깨달음이다. 이제 그 수행을 중단하고 저 나무를 있는 그대로 바라보라! 나무속에 신의 모습을 투영할 필요가 없다. 이것이 진실한 종교인과 진실하지 않은 종교인의 차이다. 저 나무를 바라보라, 그리고 그것에 신을 갖다 붙이지 말라"

만일 그대가 저 나무가 신이라고 말하면서 그 수행을 반복한다면 마침내 저 나무는 신처럼 보이기 시작할 것이다. 하지만 그 신은 가짜다. 그대가 그 나무에게 신을 강요한 것에 불과하다. 그것은 그대의 마음의 투영일 뿐이다.

원숭이의 지혜

오나라의 왕이 강에 배를 띄우고 놀다가 강변의 원숭이 동산에 이르렀다. 여러 원숭이들은 왕의 일행을 보자 모두 겁에 질려서 나무꼭대기 위로 도망쳤다. 그런데 한 마리의 원숭이만은 완전히 무관심한 듯 몸을 자유자재로 움직여 나뭇가지 사이로 이동하며 자기의 재주를 왕에게 자랑하는듯했다.

왕이 활을 들어 그 원숭이를 향해 화살을 하나 쏘았다. 그러자 원숭이는 날아오는 화살을 능숙하게 손으로 잡는 것이었다. 이에 왕은 그의 신하들에게 일제히 원숭이를 향해 활을 쏘라고 명령했다. 한 순간에 원숭이는 온몸에 집중적으로 화살을 맞고 떨어져 죽었다. 그러자 왕은 친구인 안불의를 돌아보면서 말했다.

"방금 일어난 일을 보았는가? 이 원숭이는 자기의 영리함을 자랑하고 자기의 재주를 너무 믿었다. 그는 아무도 자신을 잡을 수 없다고 생각했다. 이것을 기억하라! 사람들과 상대할 때 자신을 돋보이게 하지 말고 재능에 의존하지 말라!"

집에 돌아오자 안불의는 그 길로 한 현자의 제자가 되었다. 자기를 돋보이게 하는 모든 것을 제거하기 위해서였다. 그는 지금까지의 모든 쾌락을 버렸으며, 어떤 것이든지 자신의 뛰어남을 감추는 법을 배웠다. 머지않아 나라 안의 누구도 그를 어떻게 하지 못했다. 그리하여 모두가 그를 경외하게 되었다.

모난돌이 정맞는다. 벼가 익을수록 고개를 숙이듯이 자신을 낮추어야 한다. 겸손과 겸양은 대인관계에 있어서 으뜸가는 처세이다.

모방

나는 뮬라 나스루딘을 처음 만났을 때를 기억한다. 어떻게 내가 잊을 수 있겠는가? 우리의 친구가 서로를 소개했다. 그 친구는 다른 여러 가지의 것들을 이야기하면서 동시에 뮬라 나스루딘이 유명한 작가라고 설명했다. 뮬라 나스루딘은 실제로 그렇다는 듯이 미소를 지었다. 그래서 내가 뮬라 나스루딘에게 물었다.

"그 동안 어떤 작품을 썼는가?"

그가 대답했다.

"나는 이제 막 햄릿을 탈고했지요."

나는 그 말을 믿을 수 없었다. 그래서 그에게 다시 물었다.

"자네는 윌리엄 셰익스피어라고 알려진 친구를 들어본 적이 있는가?"

뮬라 나스루딘은 말했다.

"정말 이상한 일이군요. 전에 내가 맥베드를 썼을 때도 누군가 나에게 똑 같은 질문을 했어요.. 정말 이상해요"

　그러더니 그가 물었다.

　"그 윌리엄 셰익스피어라고 하는 사람이 도대체 어떤 작가입니까? 아무래도 그 친구가 계속해서 내 작품을 모방하고 있는 것 같아요. 내가 무슨 작품을 쓰든지 그 친구가 따라서 쓰거든요"

　그대는 모두가 그대를 모방하고 있다고 생각한다. 실제는 그대가 끊임없이 모두를 모방하고 있다. 그대는 복사 품이지 진짜 사람이 아니다. 왜냐하면 진짜 사람은 절대로 무엇을 과시할 필요를 느끼지 않기 때문이다.

물라의 아들

어느 날 꽤 진취적인 학교에 다니는 물라 나스루딘의 아들이 학교에서 성에 관한 책을 한 권 들고서 집으로 돌아왔다. 어머니는 무척 당황했지만 물라 나스루딘이 퇴근할 때까지 기다렸다. 뭔가 조치를 취해야만 한다고 생각했다. 이 학교는 너무나 진보적이다!

물라 나스루딘이 집에 돌아오자 아내는 그에게 그 책을 보여주었다. 물라는 아들이 있는 이층 방으로 올라갔다. 그랬더니 아들이 하녀와 키스를 하고 있었다. 물라는 말했다.

"아들아, 숙제를 마치거든 아래층으로 좀 내려오너라."

하지만 이것은 논리적이다! 논리에는 그 자체의 단계가 있다. 그리고 각각의 단계는 그 다음 단계로 이어져서 끝이 없다. 이 사람은 마음의 생각을 따랐다.

싸움닭

기성자는 왕을 위해 싸움닭을 훈련시키는 사람이었다.

그는 훌륭한 닭 한 마리를 골라 훈련을 시켰다.

열흘이 지나자 왕은 닭이 싸움할 준비가 되었는가를 물었다.

조련사는 대답했다.

"아직 안 됐습니다. 아직 불같은 기운이 넘치고 어떤 닭과도 싸울 자세입니다. 공연히 뽐내기만 하고 자신의 기운을 너무 믿고 있습니다."

다시 열흘이 지나 왕이 또 묻자 그는 대답했다.

"아직 안 됐습니다. 아직도 다른 닭의 울음소리가 들리면 불끈 성을 냅니다."

또다시 열흘이 지났으나 왕의 물음에 여전히 그는 대답했다.

"아직 멀었습니다. 아직도 상대를 보기만 하면 노려보고 깃털을 곤두세웁니다."

또 열흘이 지나서 왕이 묻자 기성자는 마침내 대답했다.

"이제 거의 준비가 되었습니다. 다른 닭이 울어도 움직이는 빛이 안 보이고 먼 데서 바라보면 마치 나무로 조각한 닭과도 같습니다. 이제 성숙한 싸움닭이 되었습니다. 어떤 닭도 감히 덤비지 못할 것이며, 아마 바라보기만 해도 도망칠 것입니다"

밖으로 부드럽게 보이는 것이 안으로 강하다. 강한 사람은 약자들이 아무리 떠들어도 미동도 하지 않는다.

죽음의 신

한 왕이 있었다.

어느 날 그 왕은 꿈을 꾸었다. 그리하여 자기의 죽음이 가까이 다가오고 있음을 알았다. 꿈 속에 한 검은 그림자가 서 있었다. 그래서 왕은 물었다.

"너는 누구냐?"

그 그림자가 말했다.

"나는 당신의 죽음의 신입니다. 내일 해가 질 때쯤 나는 당신을 찾아갈 것입니다"

왕은 너무나 놀랐다. 그는 달아날 어떤 방법이 없는가를 묻고 싶었다. 그러나 너무나 두려움에 사로잡힌 나머지 질문할 겨를도 없이 잠에서 깨어나고 말았다. 그리고 그 그림자는 사라져 버렸다. 왕은 비 오듯이 땀을 흘리고 몸을 떨었다. 한밤중에 그는 나라 안의 모든 현자들을 불러 모아서 말했다.

"이 꿈의 의미를 해석해 보라"

그러나 사실 현자라고 일컬어지는 자들만큼 어리석은 자들도 없다. 그들은 다시 집으로 달려가 그들의 책과 경전들을 들고 왔다. 매우 두껍고 여러 권이나 되는 것들이었다. 이제 그들은 서로 토론을 하고, 논쟁을 하고, 말싸움을 하기 시작했다. 그들의 토론을 들으면서 왕은 더욱더 혼란에 빠졌다. 그들은 어떤 점에 대해서도 의견의 일치를 보지 못하고 있었다. 현자라고 일컬어지는 자들이 그렇듯이 그들은 서로 다른 종파와 학파에 소속되어 있었기 때문이다.

그들은 그들 자신에게 소속된 것이 아니라, 어떤 죽은 전통에 소속되어 있었다. 한 사람은 힌두교, 다른 사람은 회교, 또 다른 사람은 기독교였다. 그들은 자신들의 경전을 들고 와서 떠들고 또 떠들었다. 그리고 토론을 계속할수록 그들은 더욱 광적으로 되어 갔으며, 논쟁은 끝이 없었다.

왕은 몹시 불안했다. 어느새 태양이 떠오르고 있었다. 태양이 떠오르고 있다면 그것이 질 시간도 얼마 남지 않았다는 뜻이었다. 떠오르는 것은 곧 지는 것을 의미하기 때문이다. 떠오르면서 태양은 곧 지기 시작한다. 여행은 이미 시작되었다. 이제 12시간이면 태양은 질 것이다.

왕은 현자들의 토론을 중단시키려고 했다. 그러나 그들은 왕에게 소리쳤다.

"방해하지 마시오. 이것은 대단히 중요한 문제인 것이오"

그때 평생 동안 왕을 보좌해 온 한 노인이 왕에게 다가와 귀에 대고 속삭였다.

"이곳에서 달아나는 편이 더 나을 것입니다. 저 사람들의 논쟁은 결코 어떤 결론에도 도달하지 못할 것입니다. 저들은 한 번도 어떤 결론에 도달한 적이 없습니다. 그들은 끝없이 토론하고 논쟁할 것입니다. 죽은 다음에도 그들은 결론에 도달하지 못할 것입니다. 저의 제안은 이렇습니다. 죽음의 신으로부터 경고를 받았다면 최소한 이 왕궁으로부터 도망치는 것이 나은 방법입니다. 어디로든 가십시오! 아주 빠른 속도로 달아나십시오!"

이 충고가 더 그럴듯해 보였다. 그리고 절대적으로 옳았다. 인간이 아무것도 할 수 없을 때는 달아나는, 그것으로부터 도망치는 수밖에 없다. 왕에게는 매우 빨리 달릴 수 있는 말이 있었다. 왕은 말에 올라타고 도망쳤다. 그는 현자들에게 말했다.

"내가 살아서 돌아온다면 그대들이 내린 결론을 나에게 말해 달라. 그러나 지금은 시간이 없다. 나는 급히 도망쳐야 한다."

왕은 이제 안심이 되었다. 그는 잠시도 쉬지 않고 전속력으로 달렸다. 왜냐하면 그것은 삶과 죽음이 걸린 문제였기 때문이다. 달리면서 그는 검은 죽음의 그림자가 따라오는가를 보기 위해서 뒤를 돌아보고 또 돌아보았다. 그림자라곤 없었다. 왕은 행복했다. 죽음의 신은 보이지 않고, 그는 전속력으로 달아나고 있었다. 어느새 해가 지고 있었다. 그는 이미 왕궁으로부터 수백 마일이나 떨어진 곳에 있었다. 길가에 큰 바냔 나무가 있었다. 그 아래 그는 멈추었다. 말에서 내린 그는 말에게 감사하다고 말했다.

"말아 모두 너의 덕분이다. 네가 내 목숨을 구했다"

그때였다. 말에게 이야기를 하는 도중에 그는 문득 꿈속에서 느꼈던 것과 똑 같은 손길을 어깨에 느꼈다. 그는 뒤돌아보았다. 그 검은 그림자가 그 곳에 있었다.

죽음의 신이 말했다.

"나 또한 당신의 말에게 감사의 말을 전하고 싶습니다. 이 말은 정말 빠릅니다. 나는 하루 종일 이 바냔 나무 아래에서 당신을 기다리고 있었습니다. 그리고 당신이 제 시간에 도착하지 못할까 봐 무척 걱정했습니다. 그토록 먼 거리를 이렇게 빨리 달리다니, 이 말이야 말로 정말로 대단한 말입니다. 당신은 당신이 죽기로 예정된 바로 그 시간에 정확이 이곳에 도착했습니다. 이제 죽을 일만 남았습니다."

삶과 죽음은 둘이 아니다. 삶이 있기 때문에 죽음이 존재한다. 따라서 삶을 충분히 사랑하는 사람은 죽음도 사랑하게 된다. 삶과 죽음은 결국 나로부터 비롯됨으로 나를 문제시해야 한다.

결혼과 바람

그대는 분리된다.

언젠가 내가 물라 나스루딘과 함께 지낼 때였다. 매우 아름다운 과부가 그를 찾아와 조언을 구했다. 그 과부는 말했다.

"문제가 있습니다. 도와주십시오. 나는 지금 나보다 나이가 어린 매우 잘생긴 남자와 사랑에 빠졌습니다. 그러나 그는 가난합니다. 그런데 아주 못생겼지만 굉장한 부자인 한 노인이 나를 사랑합니다. 어떻게 하면 좋을까요? 누구와 결혼해야 할까요?"

물라 나스루딘은 눈을 감고 깊은 생각에 잠겼다. 그리고는 말했다.

"부자와 결혼하십시오. 그리고 가난한 젊은이와 바람을 피우시오"

모든 갈등이 이런 식으로 일어난다. 그대는 이런 식으로 양쪽을 둘 다 선택한다. 그때 그대는 분리된다. 그대가 이것이 옳고 저것이 그르다고 말하는 순간 그대는 이미 분리된 것이다. 상대적 개념은 마음을 한곳으로 모을 수 없다. 분별심을 갖는 순간 이미 당신은 시각 장애가 되어 암흑 속으로 들어가게 되는 것이다.

두려움

어느날 물라 나스루딘이 길을 걷고 있었다. 외로운 길이
었다. 태양도 이미 기울고 어둠이 내리고 있었다. 문득 그는
두려움에 사로잡혔다. 저 앞에서 몇 사람이 무리를 지어 걸
어오고 있었기 때문이다. 그는 생각했다. 혹시 저놈들은 강
도가 아닐까? 도둑놈들이 틀림없어. 여기 주위에는 아무도
없다. 오직 나뿐이다. 그래서 그는 바로 옆에 있는 벽을 뛰어
넘었다. 그랬더니 공동묘지였다. 새로 판 무덤이 하나 있어
서 그 곳으로 기어들어갔다. 다소 진정이 되었다. 그는 눈을
감고서 그자들이 지나가길 기다렸다. 그런데 그자들 역시 누
군가 길 이쪽에 있는 것을 보았다. 물라가 돌연 벽을 뛰어넘
자 그들은 두려움에 사로잡혔다. 무슨 일일까? 누군가 저 속
에 숨었다. 장난을 치려는 것일까? 그래서 그들도 일제히 벽
을 뛰어넘었다.

이제, 물라는 확신했다. 내가 옳았다. 내 추리가 옳았어.
저들은 위험한 놈들이다. 이제 달리 어떻게 할 도리가 없다.

이대로 죽은 체하자. 그래서 그는 죽은 시늉을 했다. 그는 숨을 죽였다. 왜냐하면 죽은 사람을 강도질 하거나 죽이진 않기 때문이다. 그러나 그자들은 이미 뮬라가 벽을 뛰어넘는 광경을 목격했기 때문에 무척 궁금했다. 도대체 저자는 무슨 행동을 하는 걸까? 무슨 속셈으로 저 무덤 속에 눕는 걸까? 그들은 조심조심 다가가 무덤 속에 대고 물었다.

"당신 지금 무엇을 하고 있는 거요? 속셈이 뭐요? 왜 여기에 누워 있는 거요?"

뮬라는 살며시 눈을 뜨고서 그들을 바라보았다. 그들이 위험한 자들이 아니라는 것을 확신하게 되었다. 뮬라는 크게 웃으면서 말했다.

"자, 여기 하나의 문제가 있소. 아주 철학적인 문제요. 당신들은 나에게 묻고 있소. 내가 왜 여기에 있는가를. 나 또한 당신들에게 왜 여기에 있는가 묻고 싶고. 나는 당신들 때문에 여기 있고, 당신들은 나 때문에 여기에 있소!"

그것은 아주 심술궂은 원과 같다. 그대는 타인을 두려워하고, 타인은 그대를 두려워한다. 이 심술궂은 원에서 빠져 나오라. 타인에게 관심 갖지 말라.

삶의 방식

에피쿠로스, 그에게 작은 정원이 있었다. 그 곳에서 그는 제자들과 함께 살았다. 사람들은 그를 무신론자이며 부도덕한 자라고 생각했다. 그는 신을 믿지 않았다. 경전을 믿지 않았다. 어떤 사원도 믿지 않았다. 따라서 그는 무신론자였다. 그러나 그는 실로 위대한 방식으로 삶을 살았다. 그의 삶은 화려하고 장엄했다. 비록 그가 아무것도 가진 것이 없고, 그들이 매우 가난하긴 했지만.

어느 날 왕이 그들에 대한 이야기를 들었다. 그래서 그들이 어떻게 살고 있는가를 보고 싶었다. 믿음 없이 그들이 얼마나 행복할 수 있는가를. 우리는 신에 대한 믿음을 갖고서도 행복하지 못한데 이들은 어떻게 신 없이도 행복할 수 있었을까? 그래서 왕은 어느 날 저녁 에피쿠로스의 정원을 방문했다.

왕은 정말로 놀라움을 감추지 못했다. 하나의 기적이었다. 그들은 아무것도 가진 것이 없었다. 거의 아무것도. 그런데도 그들은 황제처럼 살아가고 있었다. 신처럼 살아가고 있었다. 그들의 삶 전체가 하나의 축제였다. 그들이 강물로 목욕을 하러 나갈 때면 그것은 단순한 목욕이 아니었다. 그것은 강물과의 춤이었다. 강물과의 찬란한 교감이었다. 그들은 노래를 부르며 춤을 추었다. 그리고 헤엄쳤다. 그들의 식사 역시 하나의 축제, 하나의 잔치였다. 그들은 실제로 아무것도 없었다. 단지 빵과 소금뿐이었다. 버터조차도 없었다. 그러나 그들은 대단히 감사해 하고 있었다. 단지 존재하는 것만으로도 충분했다. 더 이상 바랄 것이 없었다.

왕은 대단히 감명을 받았다. 그래서 그는 에피쿠로스에게 물었다.

"다음번에 올 때 나는 당신들을 위해 선물을 갖다 주고 싶소. 필요한 것이 무엇이오?"

에피쿠로스가 말했다.

"잠시 생각할 시간을 달라. 우리는 누군가 우리에게 선물을 주리라는 것에 대해 생각해 본 적이 없다. 그리고 사실 우리는 자연으로부터 너무나 많은 선물을 받고 있다. 하지만 당신이 정말로 선물을 주고 싶다면, 그렇다면 버터를 약간 갖다 달라. 그 이외에는 필요가 없다. 그것으로 충분하다."

만일 그대가 무심의 경지에서 사는 방법을 배울 수만 있다면 삶은 하나의 축제가 될 수 있다. 그렇지 않으면 삶은 끝없이 연장되는 불치병 같은 것이며 결국 죽음으로 이어질 뿐이다.

배려

유명한 정치 지도자가 연설을 하고 있을 때였다. 그는 지칠 줄 모르고 계속 연설을 하여 거의 한밤중이 되었다. 점점 청중들은 떠났고 마침내 단 한 사람만이 실내에 남게 되었다. 그 지도자는 그에게 감사해하며 말했다.

"당신은 진실을 사랑하는 오직 한 사람이며, 나의 유일하고도 확실한 추종자요, 나는 감사를 느낍니다. 다른 사람들이 모두 떠났는데 당신은 아직 여기 남아 있으니"

그러자 그 사람이 말했다.

"오해 마시오. 나는 다음 연설자요"

당신이 다른 사람들을 배려하지 않고 자신이 하고 싶은 대로 행동해서 그들을 불편하고 지루하게 하였다면 그들로부터도 호감 받기를 기대해서는 안 된다. 남의 대한 배려는 곧 자기 자신을 높이는 행위이다.

마녀와 노파

이제 그의 인생은 끝장이 났다. 그의 아내는 그를 버리고 아이들을 데리고 떠나가 버렸다. 그는 직장을 잃었으며 은행에서는 집의 저당권을 압수해 버렸다. 이제 그에게 남은 유일한 할 일은 다리에서 떨어져 내리는 것이라고 결정했다. 그는 브룩클린 교까지 걸어갔다. 다리 위에 최대로 높이 기어 올라가 막 뛰어내리려고 하는 찰나 밑에서 날카롭게 외치는 소리가 들렸다.

"뛰어내리지 말아요. 나는 당신을 도울 수 있소"

그가 물었다.

"당신은 누구요?"

그 말에 대해 목소리가 대답했다.

"나는 마녀요"

호기심에 끌려 그는 밑으로 내려왔다. 그의 앞에는 추하고 늙어 빠진 주름살투성이의 노파가 서 있었다. 그녀는 그를 바라보며 말했다.

"나는 마녀다. 만약 네가 내 말대로 해준다면 세 가지 소원을 들어주지"

그는 속으로 생각했다.

"지금보다 더 나빠질 수는 없을 테니 손해 볼 것이 없지"

그가 말했다.

"좋아요. 내가 할 일은 무엇입니까?"

그녀가 말했다.

"내 집에 가서 밤을 함께 보내는 것이다"

그는 그녀를 따라 오두막집으로 갔다. 그녀는 그에게 동침할 것을 명했다. 그는 끔찍이 노력한 끝에 그녀의 온갖 명령을 완수해 낼 수 있었으며 마침내 완전히 탈진하여 잠이 들었다. 그가 잠에서 깨어났을 때 그의 앞에는 추한 노파가 서 있었다.

그가 말했다.

"자, 이제 당신의 명령을 들어 주었으니 이번에는 당신 차례요. 세 가지 소원을 들어 주시오"

마녀는 그를 한참 바라보더니 물었다.

"당신 몇 살이오?"

그가 대답했다.

"마흔 두 살"

노파는 한숨을 쉬더니 말했다.

당신은 아직도 마녀가 있다고 믿는단 말이오?"

세상에 저렇게 어리석은 사람이 다 있을까?'

당신은 이 글을 읽고 한심하다는 생각이 들 것이다. 그러나 잘 생각해보면 우리 자신이 그 한심한 사람과 조금도 다를 바 없다는 사실을 발견하게 된다. 나 역시 그러한 모순에 빠져 있는 것이다. 자신의 마음을 잘 살피어 어리석음의 무지로부터 탈출해야 한다.

물건의 사용

한때 나에게는 교수이자 자동차에 사로잡힌 이웃이 하나 있었다. 그가 자동차를 구입했다. 매일 아침 그는 그것을 깨 끗이 닦았다. 그것은 언제나 전시용처럼 그대로 머물러 있었고 그는 결코 그것을 길 위로 끌어내지 않았다. 수 년 동안 나는 그것을 지켜보았다. 매일 아침 그는 차를 닦고 광내느라고 많은 곤란을 겪곤 하였다.

한번은 우리가 같은 기차의 객실에서 여행을 하게 되었다. 그래서 나는 물었다.

"그 차에 무슨 고장이라도 있습니까? 당신은 그것을 밖으로 내놓지 않으니 말이오. 언제나 당신의 차고 안에 놓여 있더군요."

그는 말했다.

"아닙니다. 나는 그것과 사랑에 빠졌어요. 나는 그것을 너무나 사랑해서 내가 만일 그것을 밖으로 끌어내면 무엇인가 잘못될까 봐, 사고나 긁히는 일이 생길까 봐 항상 걱정하고

있습니다. 어떤 일이든 무엇인가 잘못될 수는 있으니까 말입
니다. 그런 것들을 생각하는 것만으로도 견딜 수 없는 일입
니다"

자동차, 말, 그물, 그것들은 수단이지 목적이 아니다. 삶의 수단과 목
적을 혼동해서는 안 된다.

자신의 힘

한 어린아이가 정원에 앉아 있는 아버지 주위에서 놀고
있었다. 그 아이는 커다란 바위를 들어 올리려 하고 있었다.
그러나 바위는 너무나 커서 들어 올릴 수가 없었다. 그는 열
심히 노력했다. 그는 땀을 뻘뻘 흘리고 있었다.

아버지가 말했다.

"너는 네 힘을 다 사용하고 있지 않구나."

어린아이가 말했다.

"아니에요. 나는 모든 힘을 다 쓰고 있는걸요. 더 이상은
할 수가 없어요."

아버지가 말했다.

"너는 나에게 도와달라고 청하지 않았지 않느냐. 그것도
역시 너의 힘이란다. 내가 여기 앉아 있는데도 너는 나에게
도와달라고 하지 않는구나. 그것이 네 힘을 다 사용하지 않
는 것이 아니고 무엇이냐?"

테크닉을 통해 살아가는 사람은 자신의 에너지를 모두 사용하고 있다고 생각할지도 모른다. 그러나 그는 신의 도움을 구하지 않았다.

배우는 것

한번은 물라 나스루딘의 아들이 집으로 돌아와서는 말했다. 그가 그의 친구를 믿고 갖고 놀던 장난감을 빌려주었는데, 이제 그 친구가 돌려주기를 거절한다는 것이었다.

"어떻게 해야 하지요?"

아이는 물었다.

물라 나스루딘은 아이를 바라보며 말했다.

"이 사다리를 올라가라"

아이는 그렇게 했다. 아이는 아버지를 믿었던 것이다. 아이가 십 피트쯤 높이 올라갔을 때 나스루딘이 말했다.

"이제 내 팔로 뛰어내려라"

아이는 조금 망설이며 말했다.

"만일 떨어지면 나는 다칠 텐데요?"

나스루딘이 말했다.

"내가 여기 있을 때 너는 걱정할 필요가 없다. 뛰어내려라"

아이는 뛰어내렸고, 나스루딘은 옆으로 비켜섰다. 아이는 떨어졌고 눈물을 흘리며 울기 시작했다.

그때 나스루딘이 말했다.

"이제 알겠느냐? 아무도 믿지 말거라. 네 아버지가 말하는 것조차도, 너의 아버지조차도 말이야."

어느 누구도 믿지 말라. 그렇지 않으면 그대는 온 생애를 속을 것이다. 온전히 믿을 것은 네 안에 들어 있다. 오직 그것만을 찾아야 한다.

닭과 앵무새

자기의 닭들이 생산하는 달걀의 양에 불만인 한 농부가 암탉들의 심리를 한번 이용해보기로 마음먹었다. 그래서 그는 화려한 빛깔의 앵무새를 사서 닭장에 넣었다. 과연 암탉들은 즉시 이 잘생긴 이방인에게 몰려들어 즐거운 비명을 질렀다. 이들은 앵무새에게 맛있는 먹이를 알려주며 마치 선풍적인 인기를 끌고 있는 새로운 가수를 따르는 십대 소녀들의 무리처럼 앵무새 주위로 몰려들었다. 그리하여 기쁘게도 암탉들의 알 낳는 능력이 향상되었다. 이 닭장의 수탉은 자기의 하렘에서 무시를 당하게 되자 자연히 질투심이 폭발하여 이 매력적인 침입자에게 덤벼들었다. 그리하여 부리와 발톱으로 할퀴고 초록과 빨강의 깃털들을 모조리 뽑아 버렸다. 이에 놀란 앵무새는 공포에 질려 소리쳤다.

"제발 부탁입니다. 그만둬 주십시오. 나는 여기에 단지 언어 교수의 자격으로 들어온 것입니다."

많은 사람들이 언어 교수와 같은 삶을 살고 있다. 언어 교수는 삶의 가장 거짓된 형태이다. 진실에는 언어가 필요 없다. 비언어적 차원에서만 진실을 만날 수 있다. 달은 저기 있다. 달을 보는 데 그릇이나 물은 필요 없다. 어떠한 매개물도 필요 없다. 그저 달을 보기만 하면 된다.

물라의 수염

한번은 물라 나스루딘이 고향을 잠시 떠났다가 턱수염을 길게 기르고 돌아왔다. 자연히 친구들은 그의 턱수염을 놀려 댔으며, 어떻게 턱수염을 기르게 되었느냐고 물었다. 그러자 턱수염의 물라는 불평을 터뜨렸다. 알아듣기조차 힘든 말을 하며 자신의 턱수염을 저주했다. 그의 친구들은 놀라서 싫으면 왜 그것을 기르느냐고 물었다.

"나는 이 망할 놈의 것을 저주하네."

물라가 말했다.

"자네가 싫어하면서 왜 그걸 깎아버리지 않나?"

한 친구가 물었다.

물라는 눈을 번뜩이며 말했다.

"왜냐하면 내 아내가 싫어하기 때문이지"

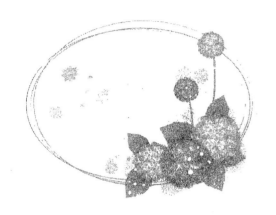

위와 같은 행동은 자신을 자유롭게 하지 못한다. 히피나 야피, 이들도 결코 혁명적이 아니다. 그저 반발자일 뿐이다. 그들은 사회에 반발한다. 그러나 사회에 의해 지배 받고 있다는 사실은 마찬가지이다. 몇몇은 복종하고 몇몇은 저항하지만, 아무도 자기의 영혼을 들여다보지 못한다.

아브라함 아담

나는 위대한 수피 신비주의자 아브라함 아담의 이야기를 들었다. 한때, 그는 보카라의 황제였으나, 모든 것을 버리고 수피의 걸인이 되었다. 그가 어떤 수피 신비주의자와 함께 지내고 있을 때, 그 신비주의자는 매일 자기의 가난을 불평했다. 그는 혼란에 빠졌다. 아브라함 아담이 그에게 물었다.

"당신이 당신의 가난을 저주하는 것을 보니, 당신은 그것을 값싸게 얻은 모양이군요."

"이런 바보 같은 사람, 가난을 사는 걸로 생각하다니"

자기와 대화 하고 있는 사람이 누구인지 모르고, 아브라함 아담이 황제였다는 것을 모르고, 그가 대답했다.

아브라함 아담이 말했다.

"나는 왕국을 주고 가난을 샀소. 나는 한 순간의 가난을 위해서라면, 수백 개의 왕국이라도 버렸을 것이오. 내게는 가난의 가치가 날마다 더욱 귀중한 것이 되어가기 때문이오. 그러니 당신이 가난을 비통해 하는 동안 내가 가난에 감사하는 것은 하나도 놀라울 것이 없군요"

진정한 가난이란 영혼의 순수함이다. '수피'란 말은 아라비아어의 '사파'란 단어에서 나온 것인데, '사파'란 순수함을 의미한다. '수피'는 마음이 순수한 자를 의미한다.

어떤 복수

골드버그 씨가 예기치 않게 회사에서 집에 돌아와 보니 그의 아내가 이웃집 남자인 코헨과 잠자리에 누워 있었다. 그는 미칠 듯이 화가 나서 이웃집으로 달려가 코헨 부인 앞에 우뚝 섰다.

"코헨 부인! 당신의 남편이 내 아내와 자고 있소"

그가 외쳤다.

"조용히! 조용히 하세요! 너무 심하게 처리하지 마십시다. 앉으시지요. 차 한 잔 하시고 긴장을 푸세요."

코헨 부인이 말했다.

골드버그는 조용히 앉아 차를 마셨다. 코헨 부인의 눈에 섬광이 반짝하고 지나치는 것을 본 것은 바로 그때였다. 그녀는 수줍어하면서 제안을 했다.

"복수를 하고 싶지 않으세요?"

그래서 그들은 침대로 가서 사랑을 했다. 그 다음에 그들은 차 한 잔을 더 마셨다. 그리고 또 복수를 하고 차를 마시

고 또 복수를 하고 차를 마시고…….

마침내 코헨 부인이 골드버그를 바라보며 물었다.

"한 번 더 복수를 하는 것이 어떠세요?"

"코헨 부인, 솔직히 말해서 이제 괴로운 심정이 다 없어져 버렸습니다."

골드버그가 조용한 음성으로 말했다.

사태가 어떻든 슬프다면 슬퍼하라. 복수심이 불타오르면 복수를 하도록 하라. 화가 나면 화를 내라. 사실을 결코 피하지 말라. 그대로 살아야 한다. 그것은 삶의 발전과 성장과 진화의 일부이다. 그것을 피하는 사람들은 성숙하지 못한 채로 그대로 머물러 있게 된다. 성숙하고 싶지 않다면 그것을 피하라. 그러나 기억하라. 그때 그대는 삶 자체를 피하고 있는 것이라는 것을. 무엇을 피하고 있는가는 중요하지 않다. 바로 피하는 것, 그 자체가 삶을 도피하는 것이다.

새의 충고

소위 지혜롭다고 하는 랍비에 가까운 자가 있었다. 그가 '랍비'라는 직업을 갖고 있었지만, 내가 그를 '랍비에 가까운 자'라고 말하는 것은 이유가 있어서다. 진정한 랍비가 되는 것은 어렵다. 진정한 랍비가 된다는 것은 깨달음을 얻었다는 것이다. 사실 그는 단지 한 사람의 성직자였을 뿐 진리에 대해선 아무것도 알지 못했다. 그러나 사람들은 그를 '지혜로운 자'라고 알고 있었다.

그가 어느 날 이웃 마을로의 외출에서 집으로 돌아오고 있었다. 마침 그는 길에서 아름다운 새 한 마리를 들고 가는 남자를 보았다. 아주 탐나는 새였다. 그는 당장에 그 남자와 흥정을 해서 그 새를 샀다. 그리고는 혼자 이렇게 생각했다.

'집으로 돌아가는 즉시 이 새를 잡아먹어야지. 얼마나 맛있어 보이는 새인가?'

그때 갑자기 새가 말했다.

"그런 생각일랑 말라!"

랍비는 깜짝 놀라서 말했다.

"뭐라고? 지금 네가 말한 것이냐?"

새가 말했다.

"그렇다. 나는 평범한 새가 아니다. 나 역시 새들의 세계에서는 랍비다. 당신이 나를 날려 보내 준다고 약속하면 당신에게 훌륭한 충고 세 가지를 말해 주겠다"

랍비는 생각했다.

'이 새는 정말로 말하는 새로군. 뭔가 아는 새임에 틀림없어.'

우리는 늘 그렇게 결론짓는다. 누군가 말을 하면 그가 무엇을 알고 있는 게 틀림없다고. 말하는 것은 쉽지만 아는 것은 어렵다. 그 둘은 서로 아무런 관계가 없다. 알지 못하면서도 말할 수 있고, 말하지 않으면서도 알 수 있다. 거기 아무런 관계가 없다. 그러나 우리에게는 말하는 자가 곧 아는 자다.

랍비는 말했다.

"좋다. 나에게 세 가지 충고를 말해라. 그러면 너를 놓아 주겠다"

새가 말했다.

"첫 번째 충고. 어떤 터무니없는 주장도 믿지 말라. 누가 그것을 말하든지, 그가 위대한 자든, 세상에 널리 알려진 자든, 권위와 권력과 특권을 가진 자든, 그가 터무니없는 것을 말하거든 절대로 믿지 말라"

랍비는 말했다.

"네 말이 옳다!"

새가 말했다.

"이것이 두 번째 충고다. 무엇을 행하든지 불가능한 것을 시도하지 말라. 그렇게 되면 재난이 닥칠 테니까. 그러므로 언제나 자신의 한계를 알라. 자신의 한계를 아는 자는 현명하며, 자신의 한계를 넘으려는 자는 바보이다"

랍비는 고개를 끄덕이며 말했다.

"과연 옳다, 옳아!"

또 새가 말했다.

"세 번째 충고는 이것이다. 선한 일을 하고 나서는 결코 후회하지 말라. 나쁜 일을 했을 때만 후회하라"

새의 충고들은 실로 멋지고 훌륭한 것이었다. 그래서 새는 자유의 몸이 되었다. 행복한 마음으로 랍비는 집을 향해 걷기 시작했다. 그러면서 생각했다.

'참으로 훌륭한 설교 주제야. 다음 주 시나고그에서 설교를 할 때 이 세 가지 충고를 사용해야지. 그리고 그것들을 내

집의 벽에 써서 걸어 놓아야겠어. 언제나 기억할 수 있도록 책상 앞에도 붙여 놓아야지. 이 세 가지 금언이면 인간들을 바꿀 수 있어.'

그때 갑자기, 나뭇가지 위에 앉은 그 새가 큰 소리로 웃기 시작했다. 랍비가 물었다.

"도대체 왜 웃는 거야?"

새가 말했다.

"당신은 정말 바보다. 내 뱃속에는 지금 아주 값나가는 다이아몬드가 하나 들어 있다. 나를 죽였다면 당신은 세상에서 제일가는 부자가 되었을 거야."

랍비는 순간적으로 후회하게 되었다.

"정말로 나는 어리석었어. 어쩌자고 저 새의 말을 믿었을까."

그는 들고 있던 성경책을 집어 던지고 나무 위로 기어오르기 시작했다. 그는 나이가 많았으며 평생 나무에는 올라가 본 적이 없었다. 게다가 그가 높이 올라갈수록 새는 더 높은 가지 위로 도망쳤다.

마침내 새는 나무꼭대기까지 도망쳤고, 랍비도 따라서 그곳까지 올라갔다. 그러다가 새는 훌쩍 날아가 버렸다. 그가 거의 붙잡으려는 순간에 새는 날아갔다. 그는 그만 발을 헛

디뎌 나무 아래로 떨어졌다. 피가 흐르고 두 다리가 부러졌다. 거의 죽기 직전이었다.

새가 다시 낮은 나뭇가지 위로 날아와 말했다.

"자, 첫째로 당신은 내 말을 믿었다. 세상에서 뱃속에 귀한 다이아몬드를 넣고 다니는 새가 있을 수 있는가? 당신은 정말 바보다! 그것처럼 터무니없는 말을 들어본 적이 있는가? 그리고 둘째로 당신은 불가능한 것을 시도했다. 어떻게 맨손으로 새를 잡을 수 있겠는가? 그리고 셋째로 당신은 새를 살려 준 선한 일을 한 뒤에 그것을 후회했다. 이제 집으로 돌아가 그 세 가지 규칙들을 벽에 써 붙이고, 다음 주에 시나고그에서 그 주제로 설교하라"

모든 설교사들이 하고 있는 것이 그것이다. 진정한 이해는 결여되어 있고, 오직 규칙만을 들고 다닌다. 규칙은 죽은 것이다.

한번은 이런 일이 있었다.

예수가 많은 사람들 사이로 걸어가고 있었다. 그때 어떤 가난한 여인이 그를 따르고 있었다. 그녀는 예수가 자기의 병을 고쳐줄지에 대해 매우 걱정하면서 이렇게 생각했다.

'뒤에서 예수의 옷자락이라도 만져보자' 그녀는 그렇게 생각했다. 실제로 그녀는 예수의 옷자락을 만졌다. 그 결과 그녀의 병은 씻은듯이 나았다.

예수가 뒤를 돌아보았다. 그 여인은 그에게 감사하기 시작했다. 그녀는 그의 발에 엎드려 매우 감사하고 있었다. 예수가 말했다.

"나에게 감사하지 말라. 신에게 감사하라. 그대의 신심이 그대를 고쳤다. 내가 고친 것이 아니다"

그 당시 세상은 깊은 신뢰 속에 있었다. 사람들은 신뢰 속에 인생의 뿌리를 내리고 있었다. 바로 그때 '예수께서 내 눈을 만져주시면 내 눈이 낫겠지' 하는 생각이 가능해진다. 바로 그러한 생각이 치료의 근본적인 원인이 되었다. 예수가 고치는 것이 아니다. 그대가 의심하면 예수는 도움을 주지 못한다. 그때 예수는 전혀 그대를 고칠 수가 없게 된다.

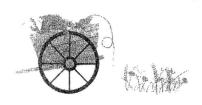

미친 사람

이집트의 어떤 왕이 미쳐 버렸다. 치료할 수 있는 방법이란 방법은 모두다 써보았지만 모조리 실패였다. 다른 나라에서도 의사들이 동원되었지만 왕은 더욱더 심각해져만 갔다. 그때 어떤 사람이 제안했다.

"의사들은 이제 그만두고 현자의 충고를 들어보도록 하는 게 어떻겠습니까?"

그래서 신하들은 현자를 찾아 나섰고 결국에는 동굴 속에서 은거하고 있는 현인을 만나 치료법을 물었다.

그 현인은 말했다.

"그 왕에 대해서 몇 가지만 말해 주시오. 그의 취미라든가 평소에 생활하는 방식, 그리고 그가 주로 무엇을 잘 먹는가 하는 것 등등……"

그러자 신하들은 왕에 대해서 상세히 가르쳐 주었다. 현인이 말했다.

"이제 그것으로 충분합니다. 이렇게 하면 될 것이오."

신하들은 특히 왕이 체스를 좋아한다고 말했었다. 그래서 현인은 말했다.

"온 방방곡곡을 다 뒤져서라도 체스를 잘하는 사람을 찾아 그가 요구하는 것은 무엇이든 다 들어주시오. 그리고 조건으로 그 사람은 당신들의 왕과 체스를 해야 한다고 하시오. 그런 뒤 일 년 있다가 다시 오시오"

신하들은 체스를 제일 잘하는 사람을 찾아냈다. 그 사람은 미친 사람과 체스를 둔다는 것에 매우 꺼려했다. 체스라는 놀이 자체가 사람을 미치게 만드는 것인데 거기다가 미친 사람과 체스를 하다니…… 그는 거액의 돈을 요구했다. 그는 그렇게 많은 돈을 요구하면 그 제의를 받아들이지 않아도 될 것이라고 생각했다. 그러나 신하들은 즉시로 승낙했고 그 사람은 이제 달아날 길이 없었다. 그는 결국 미친 왕과 체스를 해야만 했다.

일 년이 지난 뒤, 신하들은 현인이 살고 있는 동굴을 찾아갔다. 현인이 물었다.

"요즈음 어떻습니까?"

그들이 말했다.

"당신은 정말로 놀라우십니다. 기적이 일어났습니다. 이제 왕께서는 정상으로 돌아오셨습니다"

현인이 말했다.

"그것 참 잘된 일이오. 그밖에 다른 일은 없소?"

그들이 말했다.

"한 가지 있습니다. 이제는 체스를 잘하는 그 사람이 미쳐 버렸습니다"

그런 일은 일어나게 되어 있다. 정신 분석가는 스스로 명상 속에 깊이 뿌리를 내리지 못하면 그 스스로가 미치게 되어 있다. 정신 분석가들이 매우 중요한 걸 놓치고 있는 점이 바로 그것이다.

젊은 정신분석가가 나이가 든 동료에게 물었다.

"당신은 항상 행복하고 즐겁게 보입니다. 이렇게 하루 종일 역겨운 일을 하면서도 말이에요. 저는 환자 한 두 명만 만나고 나면 피곤해지기 시작하고 저녁때가 되면 완전히 녹초가 되어 버립니다. 그런데 당신은 전혀 피곤해 보이지 않아요. 환자들의 악몽을 계속 들어주는 일은 정말로 악몽이지 않습니까?"

그러자 나이든 사람은 웃으면서 말했다.

"누가 무엇을 듣는데?"

만일 그대가 명상하는 법을 모른다면 이 방법만이 유일한 방어수단인 것처럼 보인다. 그때 정신분석가는 마치 듣고 있는 것처럼 하기만 하면 된다.

죽은 개

시장 바닥에 죽은 개가 하나 누워 있었다. 지나가는 사람들은 그것을 보고는 구역질난다며 얼굴을 돌려 버리곤 했다.

"아유, 이 냄새!"

어떤 사람은 코를 막으며 지나가곤 했다.

"저 삐져나온 갈비뼈 좀 봐. 아휴, 징그러. 구역질나네."

어떤 사람은 이렇게 말하기도 했다.

또 어떤 사람은 이렇게 말했다.

"신발 끈을 만들 만한 가죽도 없잖아?"

그때 온화하면서도 질책하는 소리가 사람들이 한 마디씩 하는 소리 가운데 들려왔다.

"진주라도 저 하얀 이빨에 비교할 만한 게 못되지!"

그러자 사람들은 슬슬 흩어지면서 이렇게 소근 거렸다.

"저 사람 틀림없이 예수일거야. 아니면 누가 죽은 개한테 저렇게 좋은 말을 해주겠어?"

바로 그것이 예수의 정신이다. 그는 이 세상을 너무도 사랑했기 때문에 그의 눈은 이 세상 어디에도 죄를 찾을 수 없었다. 그리고 그에게는 그 아무것도 추한 것이 없었다. 그에게서는 모든 것이 눈부시도록 아름답게 변형되었다.

하느님과 아멘

어떤 사람이 말을 사러 목장에 갔다. 그 중 한 마리를 가리키고 말했다.

"저기 저 놈은 아주 아름답군요. 무슨 종입니까?"

"팔로미노입니다."

목장 주인이 말했다.

"저 말을 사지요"

그가 말했다.

그러자 목장 주인이 말했다.

"알려드릴 것이 있는데, 저 말은 전도사가 갖고 있던 것입니다. 말이 달리기를 원할 때는 '하느님'이라고 하고, 멈추기를 원할 때는 '아멘'이라고 하십시오."

"한번 시험해 보아도 될까요?"

그가 말했다.

그는 말에 올라타서 '하느님'하고 말했다. 말은 재빨리 달려서 즉시 산으로 질주해 올라갔다. 그는 '하느님, 하느님'하고 계속 소리쳤고 말은 쏜살같이 달려갔다. 갑자기 그는 자신이 낭떠러지의 끝에 와 있는 것을 발견했다. 공포에 질려서 '와, 와'하고 고함을 질렀으나 소용이 없었다. 곧 그는 기억을 되살려서 '아멘'하고 말했다. 그러자 말은 낭떠러지의 끝에서 멈추어 섰다.

그는 안도의 한숨을 내쉬며 자신도 모르게 중얼거렸다.
'하느님!'

하느님을 외치던 사람은 이렇게 위험한 순간에는 하느님을 부르게 되어 있다. 인생은 습관이다. 그러므로 좋은 습관을 갖도록 노력해야 한다.

공수래 공수거

이런 이야기를 들은 적이 있다. 이 이야기는 중세 봉건 사회 때 일어났던 일이다. 어떤 영국 청년이 돈을 벌기 위해서 유럽 대륙을 돌아다니고 있었다. 떠돌아다니다가 피곤해지자 그는 어느 성 근처에 있는 나무 밑에서 잠시 쉬기로 했다. 그때 마침 그 성의 공작이 지나가다가 청년을 보고는 왜 그곳에 있는지, 무엇을 찾고 있는지 물어 보았다. 그 청년이 대답했다.

"나는 건축가 입니다. 그리고 지금은 일자리를 구하고 있는 중입니다"

공작은 마침 건축가가 필요했던 터라 무척 반가웠다. 그래서 청년에게 이렇게 말했다.

"나와 함께 지내지 않겠나? 내 밑에서 건축가로 일을 해주게. 그러면 자네가 필요로 하는 것은 무엇이든 다 들어 주겠네. 자넨 큰 부자처럼 살 수도 있다네. 그러나 한 가지 명심 할 것이 있네. 나중에 자네가 이곳을 떠나게 된다면 이곳에 올 때처럼 빈손으로 가야만 한다는 것일세."

청년은 그 말에 찬성했다. 몇 주일이 지나고 몇 달이 지나는 동안 그는 매우 열심히 충실하게 일을 했다. 공작도 그가 하는 일이 무척 마음에 들었다. 그래서 청년이 원하는 것이면 무엇이든 다 들어 주었다. 청년은 정말로 부자처럼 살았다. 그러나 청년은 차츰차츰 불안해지기 시작했다. 처음에는 그렇게 불안한 이유를 알 수가 없었다. 사실 불안해 할 아무런 이유가 없었다. 자신이 원하던 것이 전부 실현되었다. 그런데도 마치 어떤 먹구름 같은 것이 그를 둘러싸고 있는 듯한 느낌을 버릴 수가 없었다. 뭔가 빠진 듯한 느낌이었다. 그러나 그것이 무엇인지 알 수 없었기에 그는 심한 혼란에 빠졌다.

그러던 어느 날 갑자기 이유를 이해하게 된 그는 공작에게 가서 그 성을 떠나겠다고 말했다.

"왜 떠나려 하는가? 어려운 게 있다면 나에게 말하게. 내다 들어주겠네. 나는 자네가 하는 일에 대해서 매우 만족하네. 난 자네가 여기서 한평생 지내기를 바라고 있다네."

그 청년이 말했다.

"아닙니다. 떠나겠습니다. 제가 떠나는 것을 허락해 주시기 바랍니다."

공작이 물었다.

"여기서는 아무것도 나에게 속해 있는 것이 없기 때문입니다. 빈손으로 와서 다시 빈손으로 떠나야 하기 때문입니다. 여기에는 내 소유로 된 것이 아무것도 없습니다. 모두가 꿈일 따름입니다."

사람이 종교적으로 변화하는 계기가 바로 그것이다. 아직도 이 세상에 그대에게 속해 있는 것이 있다고 생각한다면 그대는 아직도 종교적인 사람이 될 준비가 덜 되어 있는 것이다. 그대는 빈손으로 왔다가 빈손으로 돌아간다. 공수래공수거(空手來 空手去)라는 사실을 깨달을 때 번갯불처럼 모든 것이 분명해진다. 이 세상은 그대의 집이 될 수 없다. 기껏해야 하룻밤 묵는 숙소가 될 수 있을 뿐이다. 누구든 아침에는 빈손으로 떠나야 한다.

두려움

이런 일이 있었다. 어떤 젊은 부부가 신혼여행을 떠났다. 그는 일본 사무라이였다. 그들 신혼부부는 작은 배를 타고 섬으로 가고 있었다. 그런데 갑자기 폭풍우가 일었다. 그런 작은 배가 폭풍우를 만난다는 것은 매우 위험스런 일이었다. 그들은 거의 빠져 죽게 될 지경에 이르렀다.

아내는 매우 걱정이 되어 두려움에 몸을 떨면서 자기 남편을 보았다. 그런데 그는 조용히 앉아 있었다. 마치 아무 일도 아니라는 듯이 조용히 앉아 있는 것이었다. 어느 순간이라도 그 배는 물속으로 가라앉을 것만 같았다.

아내가 말했다.

"뭐하고 있어요? 왜 그렇게 돌부처처럼 앉아 있기만 해요?"

사무라이는 칼집에서 칼을 빼 들었다. 아내는 그를 이해할 수가 없었다. 도대체 무슨 짓을 하고 있는 것일까? 그는 칼을 그녀의 목 가까이 갖다 대었다. 그녀는 웃기 시작했다.

그러자 그가 말했다.

"당신 왜 웃고 있지? 칼이 당신 목 가까이에 있는데. 조금만 움직여도 다칠 텐데"

아내가 말했다.

"그렇지만 칼이 당신 손에 있지 않아요? 칼이 나를 사랑하는 당신의 손에 있는데 무슨 문제가 있겠어요? 칼은 위험하지만 당신이 쥐고 있지 않아요?"

그 사무라이는 칼을 다시 칼집에 집어넣고 이렇게 말했다.

"폭풍우는 신의 손에 쥐어 있소. 폭풍은 위험하오. 그러나 그것은 내가 사랑하고 또 나를 사랑하는 신의 손에 있소. 그렇기 때문에 나는 두려워하지 않는 것이오."

신의 손에 칼이 쥐어 있다면 당신은 두려워할 것인가, 아니면 두려워하지 않을 것인가 한번쯤 생각해 볼 일이다.

과거의 길

어떤 구도자가 임제 선사를 찾아왔다. 임제는 중국의 위대한 선사였다. 그 구도자는 깨달음을 얻고 싶어 했다. 그러나 임제는 이렇게 말했다.

"기다려라. 먼저 몇 가지 질문을 하겠다. 너는 어디에서 왔느냐?"

구도자가 말했다.

"나는 항상 내가 건너온 다리를 부숩니다."

임제가 말했다.

"좋다. 네가 어디서부터 오건 그것은 문제가 아니다. 그런데 요즈음 쌀값이 얼마나 하는가?"

그러자 구도자가 웃으면서 말했다.

"나를 놀리지 마십시오. 그렇지 않으면 당신을 때리겠소."

임제는 그 앞에 절을 하고 이렇게 말했다.

"너를 제자로 받아들이겠노라"

만일 그가 쌀값을 기억하고 또 자기가 어디에서부터 오고 있는지를 기억한다면 그것은 자기 자신의 생각에 의한 것이기 때문에 진리를 구할 가치가 없는 사람이다. 모든 생각과 기억 의식적인 것은 진리의 깨달음과는 상반되는 것이다. 그리고 과거로부터 지고 있는 것은 무엇이나 다 짐이고 장벽일 뿐이다. 그러한 과거의 짐을 가지고 다닐 때 그대는 결코 현재를 향해 열려있지 못한다.

생활의 신

서양에서 가장 위대한 철학가로 추대 받는 파스칼이 어느 날 꿈속에서 어떤 메시지를 받았다. 그 꿈이 너무나 특이했기 때문에 그는 자다 말고 일어나 자신이 받은 메시지를 수첩에 적어 놓고는 다시 잠들었다. 아침에 일어나 그는 그 메시지를 읽어보았다. 그것은 대단히 중요한 내용이었다. 그래서 그는 아예 그 메시지를 자신의 코트에다 실로 박아 넣었다. 그리고 평생 동안 그는 그 메시지를 코트에 박은 채 다녔다. 그래서 길을 걸어갈 때나 사람들과 대화를 나눌 때나 그는 자기의 코트에 박힌 그 메시지를 들여다보곤 했다. 그것은 아주 간단한 문장이었다. '나는 철학자들의 하느님을 원치 않는다.

나는 다윗과 아브라함과 야곱의 하느님을 원한다.' 즉 철학의 신이 아니라 생활의 신, 금식한 이기주의자들의 신이 아니라 평범한 사람들의 신을 원한다는 것이다. 야곱과 아브라함과 다윗의 하느님, 다시 말해 삶을 사랑하고 삶을 사는 사람들의 하느님이 바로 진정한 하느님이다.

 삶에 반대하는 하느님, 삶에 반대하는 사원들은 죄다 가짜다. 이 점을 명심하라. 삶 자체를 신으로 모신 사원이야말로 진정한 사원이다.

목적지

이런 이야기가 있다.

티벳이라는 나라에서 있었던 일이다. 머나먼 산골짜기에서 살고 있는 라마승 하나가 자기 스승에게 편지를 보내어 승려 한 사람을 더 보내달라고 요청했다.

스승은 편지를 받고 제자들을 불러 모아 편지의 내용을 읽어 주고 나서 이렇게 말했다.

"이 제자의 부탁대로 나는 너희들 중 다섯 사람을 보내고 싶다"

그러자 제자들이 말했다.

"그렇지만 편지에는 한 사람만 있으면 된다고 하지 않았습니까? 그런데 어째서 다섯 사람이나 보내려고 하시는지요?"

스승이 말했다.

"나중에 알게 될 것이다. 지금은 다섯 명을 보내지만 목적지에 도착하는 것은 결국 한 사람밖에 안될 것이다. 길은 멀고 유혹의 손길이 너무나 많기 때문이다"

제자들이 모두 웃으며 말했다.

"우리 스승님이 드디어 노망이 드셨군! 한 사람만 필요하다는데 왜 다섯 명씩이나 보내려는 것이지?"

그렇지만 스승은 끝내 고집을 부려 다섯 명이 길을 떠났다.

다음날 아침 어느 마을을 지나가고 있을 때 그 마을 족장이 사람을 시켜 이런 전갈을 보내왔다.

'어제 이 마을 제사장이 죽었기 때문에 제사장 역할을 해줄 승려가 한 사람 필요하다. 대우는 아주 좋게 해주겠다.'

그 마을은 무척 잘 사는 동네 같았다. 그래서 다섯 명 중 한 사람이 말했다.

"나는 이 마을에 남고 싶소. 이것 또한 부처님의 일이기 때문이오. 꼭 그 골짜기에 가야만 하는 것은 아니지 않소? 여기에서도 똑 같은 일을 할 것이오. 그리고 또 한 사람만 필요하다고 하지 않았소? 그러니 나는 여기에 머물러 있겠소."

이렇게 해서 한 사람이 떨어져 나갔다. 그 다음날 나머지 네 사람이 어떤 성 앞을 지나가고 있을 때, 그 마을의 왕이 말을 타고 그들 곁을 지나가게 되었다. 왕은 그들을 바라보았다. 그 중의 한 젊은 라마승은 용모가 수려했고 건강해 보였다. 왕이 말했다.

"잠깐! 나는 내 딸과 결혼할 젊은이를 구하고 있소. 가만히 지켜보았는데 당신이 아주 적격인 것 같소. 어떠시오? 그 아이는 내 외동딸이라오. 결혼만 한다면 이 나라는 전부 당신 것이 되오."

젊은 라마승은 그 말을 듣고 동료들에게 말했다.

"잘 가시오"

그는 떠났다. 두 번째 사람이 떨어져 나간 것이다.

이제 나머지 세 사람은 늙으신 스승님의 말씀이 틀리지 않았다는 것을 깨닫게 되었다. 길은 멀었고 주위엔 유혹의 손길들이 너무나 많았다. 그래서 세 사람은 이렇게 결정했다.

'그래도 우리는 그렇게 되지는 말자'

그들은 비록 내심으로는 한 친구가 왕이 되고 다른 한 친구는 훌륭한 제사장이 되었다는 것을 질투하고 있었지만 겉으로는 그렇게 약속했다. 그렇지만 앞으로 어떤 일이 일어날지 누가 알겠는가?

사흘째 되는 날 밤 그들은 길을 잃었다. 그런데 멀리 떨어진 언덕 꼭대기에 불빛이 보였다. 그들이 겨우겨우 그곳에 도착하니 거기에는 한 젊은 여인이 홀로 집을 지키고 있었다. 그 여자가 말했다.

"당신들이 와서 무척 다행입니다. 부모님들이 오늘 저녁에 돌아오시기로 되어 있었는데 아직도 안 오셨습니다. 마을에서 멀리 떨어진 이 집에서 혼자 있는 것은 너무도 무서운 일입니다. 그런데 이렇게 당신들이 찾아오셨으니 정말로 다행입니다. 당신들은 하느님이 보내신 선물입니다. 부모님들이 돌아오시기 전까지 저와 함께 있어주세요. 부탁입니다"

다음날 아침 그들은 떠나야만 했다. 그런데 그 중 한 사람, 그 여인을 깊이 사랑하게 된 한 승려가 말했다.

"이 여자의 부모가 돌아오기 전까지는 갈 수 없소. 이 여인을 내버려 두고 떠난다는 것은 자비롭지 못한 일이오."

문제는 자비가 아니었다. 문제는 바로 감정이었다. 그렇지만 사람들은 감정이 생길 때 자비를 이야기 한다.

다른 두 사람이 말했다.

"그럴 순 없소. 다 같이 가기로 약속해 놓고 당신 혼자 떨어져 나가다니!"

그러자 그가 말했다.

"나는 평생 동안 자비를 베풀라고 배워 왔소. 이 여인은 혼자 있는 몸이고 아직 부모님들이 돌아오지 않았소. 혼자 놔두고 떠난다는 것은 옳지 못한 일이오. 만일 그대로 떠난다면 부처님이 나를 용서치 않을 것이오. 당신들이나 어서 가시오. 나는 여기에 남겠소"

이렇게 해서 세 번째 사람이 또 도중에 떨어져 나갔다.

남은 두 사람이 어떤 마을을 지나고 있을 때 사람들이 몰려들었다. 그들은 무신론자였다. 그들은 부처를 믿지 않았다. 사람들이 말했다.

"부처가 말한 것이 옳다는 것을 이 기회에 어디 한 번 우리 앞에서 증명해 보시오"

둘 중의 한 승려가 그 도전을 받아들였다. 그러자 남은 한 사람이 말했다.

"도대체 무슨 짓을 하려는 짓이오? 그 논쟁이 얼마나 오랜 시간이 걸릴지도 모르는 일이잖소?"

그가 대답했다.

"평생이 걸린다 해도 꼭 저들에게 부처님 말씀이 옳다는 것을 증명해 보여야겠소. 나는 이미 부처님에게 인생을 바친 몸이오. 그런데 이 사람들이 지금 부처님의 철학에 도전을 하고 있지 않소?"

그것은 부처에 대한 도전이 아니었다. 실상은 그 승려의 자존심에 대한 도전이었다.

"나는 이 마을을 떠날 수 없소. 나는 이 마을을 개종시켜

부처를 믿게 만들고야 말겠소. 당신은 가도 좋소. 사실 한 사람만 필요하다고 하지 않았소?"

일은 이렇게까지 진행되었다. 그 승려는 마을 사람들과 논쟁을 하기 위해 남았고, 결국 한 사람만이 애초에 목적한 골짜기에 도착했다.

예수는 말한다. '가는 길에 누구를 만나든지 아는 척을 하거나 인사를 하지 말라.'

이것은 곧 이런 뜻이다. '제발 부탁하건대 목적지를 잊으면 안된다.'

증명

　한번은 이런 일이 있었다.

　어느 날 아침 뮬라 나스루딘이 일어나자마자 눈물을 흘리며 울기 시작했다. 그의 아내가 걱정이 되어 물었다.

　"무슨 일이에요? 나쁜 꿈을 꾸셨나요?"

　그가 말했다.

　"아니야, 악몽은 아니야. 나는 죽었어, 분명 죽은 거야"

　자, 그가 죽지 않았다고 어떻게 확신시킬 수 있겠는가? 그의 아내와 이웃 사람들이 그가 죽은 것이 아니라고 확신시키려고 했지만 그것을 증명할 방법이 없었다. 그는 계속해서 자기가 죽었다고 고집했다.

　사람들은 마침내 그를 정신과 의사에게 데려갔다. 정신과 의사는 그를 잘 관찰했다. 그가 보기에 나스루딘은 논쟁을 좋아하고 매우 논리적인 사람이었다. 나스루딘은 계속해서 자기가 죽었다고 주장하면서 이렇게 말했다.

　"내가 살아 있다는 것을 증명해 주시오"

정신과 의사는 곰곰이 생각하더니 어떤 좋은 생각이 떠올라 이렇게 말했다.

"좋소, 나를 따라오시오"

그는 나스루딘을 병원으로 데려가 시체해부실에 있는 의사에게 상황을 설명하고 함께 시체해부실로 들어갔다. 그 방에는 잘려진 시체가 여기저기 널려 있었다. 정신과 의사가 말했다.

"보시오. 시체에서 피가 흐르고 있소?"

시체에서는 피가 흐르지 않았다. 나스루딘이 시체는 피를 흘리지 않는다는 사실을 확인할 수 있다면 얘기가 되지 않을까 하고 정신과 의사는 생각한 것이다.

물라는 그곳에서 일주일 동안이나 시체 해부하는 광경을 지켜보았다. 이제 머리로는 확신을 하게 되었다. 정신과 의사가 물었다.

"이제 확신하시오?"

물라 나스루딘이 말했다.

"이제 이 실험을 더 이상 계속할 필요가 없소. 시체는 피를 흘리지 않는다는 사실을 확신하오. 그래도 내 태도에는 변화가 없소"

정신과 의사가 말했다.

"그러면 기다리시오"

그는 물라의 손을 잡고 날카로운 칼로 손가락에 작은 상처를 냈다. 피가 멈추지 않는다는 것이 완전히 증명된다고 생각했다. 그러나 나스루딘은 피를 보더니 이렇게 말했다.

"저런 죽은 사람도 피를 흘리는군!"

어떤 증명도 증명이 될 수 없다. 신은 존재하지 않는다고 확신하고 있으면 어떤 증명도 그것을 증명하지 못한다. 확신은 변화될 수 없다. 그러므로 신을 믿건 믿지 않건 둘 다 쓸데 없는 일이다. 그것은 논쟁의 문제가 아니다. 그대가 눈을 열어 무엇인가가 갑자기 그대의 존재를 가득 채우는 것을 보고 또 지적인 확신이 아닌 실존적인 확신이 내면에서 일어나기 전에는 아무 소용도 없는 일이다.

그 사람의 문제

이런 이야기가 있다.

두 정신과 의사가 같은 건물에 살았다. 그런데 그들이 직장에서 돌아와 엘리베이터에 같이 타게 되는 일이 자주 있었다. 엘리베이터 걸은 계속해서 반복되어 일어나는 한 가지 사실에 대해서 매우 궁금해 했다. 갑이라는 정신과 의사는 언제나 엘리베이터에서 내리면서 을이라는 의사에게 침을 뱉곤 했다. 그러면 을은 조용히 미소를 지으며 천천히 수건을 꺼내어 침 묻은 곳을 닦곤 했다. 어떤 때는 그런 일을 당할 때 을이 혼자서 낄낄대며 웃는 일도 있었다.

엘리베이터 걸은 더욱 호기심이 생겼다. 너무 궁금해지자 그녀가 을에게 물었다.

"박사님, 박사님과 같은 일을 하시는 저 박사님은 왜 계속해서 박사님께 이런 무례한 일을 하는지 그 이유를 모르겠습니다."

그러자 을은 웃으면서 말했다.

"아, 나도 모르오. 그건 그 사람의 문제지요. 내가 어떻게 알겠소? 그리고 또 내가 왜 그런 일에 신경을 써야겠소? 그 사람 불쌍한 사람이지요. 하지만 이건 그 사람의 문제일 뿐이라오"

어떤 사람이 그대의 얼굴에 침을 뱉는다. 사실, 그것은 그 사람의 문제다. 그대와는 아무 상관도 없는 일이다. 그런데 사람들은 그것을 자신의 문제로 만든다. 그리고는 기분 나빠하고 걱정을 한다. 또는 복수할 생각도 한다.

사랑과 이빨

어느 날 밤 물라 나스루딘의 아내가 이렇게 말했다.

"당신은 이제 절 사랑하지 않는가 봐요. 키스도 하지 않고 안아 주지도 않으니 말이에요. 당신이 나에게 구애하던 때를 잊지 마세요. 당신은 그때 나를 이빨로 깨물 듯이 사랑했고 저도 그처럼 무척 사랑했는데…… 다시 한 번 날 이빨로 깨물 듯 사랑할 수 없나요?"

아내의 말을 듣던 나스루딘은 침대에서 일어나 걸어 나가고 있었다. 그의 아내가 '어디 가는 거예요?' 하고 앙칼진 목소리로 묻자, 그는 이렇게 말했다.

"욕실에 가서 이빨을 가져와야지"

세상에 머물러 있는 것은 하나도 없다. 인생은 태어나면서부터 늙고 병들어 죽는다. 모든 것이 변하는데 옛날 생각만 하고 그때와 똑같이 살려고 하면 안 될 일이다.

소유

뮬라 나스루딘이 묘지 관리소에 들어가서 지배인에게 불평했다.

"내 아내가 이 공원묘지에 묻혔다는 것을 내가 잘 아는데 그 무덤이 어디에 있는지 찾을 수가 없소"

지배인은 인명부를 검토하면서 물었다.

"부인의 성함이 어떻게 되십니까?"

"뮬라 나스루딘 부인이오."

지배인은 한참 동안 장부를 뒤적거리더니 이렇게 말했다.

"뮬라 나스루딘 부인이라는 이름은 없는데요. 뮬라 나스루딘은 있습니다. 죄송합니다. 무엇인가가 잘못된 것 같군요."

나스루딘이 말했다.

"아니오. 잘못된 것은 없소. 그 뮬라 나스루딘의 무덤이 어디에 있소? 사실 내 아내의 것은 모두 다 내 이름으로 해 놓는다오."

자기 아내의 무덤까지도 자기 이름으로 해 놓는다는 말인가?

플라스틱

　내 이웃에 은퇴한 늙은 철학 교수가 살고 있었다. 사람들은 그가 약간 정신이상이라고 생각했다. 사실 은퇴한 철학 교수는 그렇게 되게 마련이다. 나는 그에 대해서 아무런 판단도 내리지 않았다. 그런 말을 듣고도 그에 대해 아무런 생각도 하지 않았다. 그런데 어느 날 그에 대해서 생각을 해 보아야 했다. 그가 꽃밭에 물을 주고 있었는데 마침 지나다 보니 물동이 밑이 빠진 것이었기 때문이다. 물은 당연히 없었다. 그는 단지 화초에 물을 주는 시늉만 하고 있었다.

　그래서 내가 이렇게 물었다.

　"여보시오, 지금 무얼 하고 계시오? 물동이의 밑이 빠져 있소."

　그가 말했다.

　"알고 있습니다. 하지만 별 상관없습니다. 이 화초들은 전부가 다 조화거든요."

인간들의 삶 전체가 인공적으로 되었다. 플라스틱으로 만든 조화일 뿐이다. 멀리서 보면 좋게 보인다. 그러나 가까이서 보면 그것들은 플라스틱으로 되어 있다. 물론 그것들은 일찍 죽지 않는다. 아니 죽을 수가 없다. 플라스틱 꽃이기 때문이다.

영어만 아는 신

한 번은 독일 사람과 영국 사람이 이야기를 하고 있었다.

독일 사람이 먼저 이렇게 말했다.

"우리는 항상 여러 가지 방법으로 일을 해 보는데 왜 번번히 지는지 모르겠소."

영국 사람이 말했다.

"당신들은 당연히 지게 되어 있소. 왜냐하면 우리는 전쟁을 시작할 때는 언제나 먼저 신에게 기도를 드리는데, 그 신이 우리를 보호해 주시기 때문이오. 그러니 당신들이 지게 되어 있소. 결코 이길 수 없을 것이오."

독일 사람이 말했다.

"그렇지만 우리도 기도를 하는데요."

그러자 영국 사람이 웃으면서 이렇게 말했다.

"신이 독일어를 이해할까요?"

영국 사람에게 있어서 신은 영국인이다. 그러나 아돌프 히틀러에게 있어서 신은 게르만 민족이다. 반드시 그렇게 되도록 되어 있다. 우리는 항상 우리 자신의 이미지대로 신을 창조하기 때문이다.

환영 받는 죄인

하루는 이슬람 신비주의자인 쥬나이드가 자기와 그 마을에서 제일 악독한 죄인이 같이 죽어 신의 문 앞에 도착해서 문을 두드리고 있는 꿈을 꾸었다. 그런데 죄인은 문안으로 들어갈 수 있었으나 쥬나이드는 쫓겨났다. 그는 매우 상심했다. 그는 항상 자기가 환영 받을 것이라고 기대하고 있었다. 그런데 정반대로 되었다. 그리고 죄인은 성대한 환영식과 더불어 받아들여졌다. 환영식이 끝나고 죄인은 거처로 보내지자 쥬나이드가 신에게 말했다.

"한 가지 여쭤 볼 말씀이 있습니다. 도대체 어떻게 된 일입니까? 나는 항상 낮이나 밤이나 하루 종일 당신의 이름을 부르면서 기도해 왔습니다. 잠을 자는 동안에도 당신의 이름을 줄곧 불러왔습니다."

신이 말했다.

"바로 그것 때문이다. 그대는 나를 너무도 괴롭혀 왔다. 지상에 있을 때에도 그러했는데 여기 천국에까지 왔으니 더 괴롭게 되었다. 여기에선 무슨 짓을 하려는가? 도대체 그대는 단 한 순간도 나를 가만히 놓아두지 않는다. 그러나 아까 그 죄인은 그렇지 않았다. 그는 나를 괴롭힌 일이 없다. 내 이름을 부른 일도 없고 나에게 관계되는 문제를 만들어 낸 일도 없다. 그렇기 때문에 그는 그렇게 환영 받은 것이다"

입으로 하는 말보다 행동이 중요하다. 입으로 하느님을 수백 번 불러도 그 행동이 올바르지 않다면 하느님은 그 사람을 외면할 것이다. 타인을 향한 사랑이 넘치는 행위야말로 신의 뜻에 따르는 길일 것이다.

비문

이런 이야기가 있다. 어느 날 뮬라 나스루딘이 바로 며칠 전에 죽은 철학자의 무덤 옆을 지나다가 비석에 이렇게 쓰여 있는 것을 보았다. '나는 죽지 않았다. 단지 자고 있을 뿐이다.'

뮬라는 크게 웃으면서 이렇게 말했다.

"당신 말에 속을 사람은 아무도 없소. 당신은 오직 자기 자신만을 속이고 있을 뿐이라오."

철학자들은 계속해서 자기 자신을 속이고 있다. 그들은 오직 지식에만 의존하고 있다. 그러나 진정한 지식은 존재적으로 얻어질 때만이 진실하다. 도서관에 가서 사랑에 관한 많은 자료를 수집할 수 있다. 그러나 '사랑에 관한 것'들이란 사랑의 실체 주위를 겉돌고 있는 주변 지식일 뿐이다. 사랑의 본질은 완전히 다르다.

사제의 기도

레오 톨스토이가 이런 작은 우화를 쓴 일이 있다.

어떤 사람이 러시아에서 가장 위대한 사제를 찾아와서 이렇게 말했다.

"저는 성인 세 사람을 알고 있습니다. 그들은 어떤 섬에 살고 있는데 신의 경지에 도달했습니다."

그러자 사제가 말했다.

"어떻게 그런 일이 있을 수 있는가? 나는 이 나라에서 가장 높은 사제이다. 내가 알지도 못하는데 그런 일이 어떻게 있을 수가 있는가? 내가 가서 그들을 만나 보겠다."

그리고는 배를 타고 그 섬으로 갔다. 그 사람이 말한 세 사람은 나무 밑에 앉아서 기도를 하고 있었다. 사제는 그들이 하는 기도를 듣고는 크게 웃으면서 이렇게 말했다.

"이 어리석은 사람들아. 당신들 이 기도를 어디에서 배웠소? 나는 이 나라에서 가장 위대한 사제요. 그런데 내 생에 그런 엉터리 기도는 들어 본 일이 없소. 도대체 그게 무슨 기도요?"

그 세 사람들은 두려움에 떨면서 이렇게 말했다.

"용서해 주십시오. 우리는 기도를 배운 일이 없습니다. 이 기도는 우리 스스로 만들어 낸 것입니다"

그들의 기도는 매우 간단했다.

그들은 이렇게 말했다.

"우리는 셋입니다-기독교도들은 삼위일체를 믿는다.-이 기도는 우리가 만든 것입니다. 즉 '우리는 셋입니다. 당신 또한 셋입니다. 우리에게 은총을 베푸소서!' 우리는 이러한 기도를 계속합니다. 그러나 이 기도가 옳은 것인지 그른 것인지는 모릅니다."

사제가 말했다.

"그 기도는 완전히 잘못된 것이오. 내가 가장 옳고 권위 있는 기도를 가르쳐 드리겠소."

그가 가르친 기도는 교회에서 하는 긴 기도였다. 그 세 사람은 떨면서 사제의 기도를 잘 들었다. 그 사제는 아주 기뻤다. 그는 자기가 매우 좋은 일을 했다고 생각하면서 돌아갔다. 그는 세 이단자를 진정한 그리스도 교인으로 개종시켰다고 생각했다.

"그 세 바보들이 유명해지다니…… 많은 사람들이 그들

의 가르침을 들으러 와서 그들의 발을 만지고 그들을 경배하 였다고 하니 참 어리석은 일이야"

그가 매우 행복해하면서 돌아오고 있을 때 갑자기 호수에 폭풍이 이는 것 같은 느낌이 들었다. 그는 두려워서 돌아다 보았다.

거기에는 세 명의 성자들이 물 위를 달려오고 있는 것이 었다. 그는 자기의 눈을 믿을 수 없었다. 그 세 성자는 그에 게 다가와서 이렇게 말했다.

"그 기도를 한 번만 더 가르쳐 주십시오. 그만 잊어버렸습 니다. 기도가 너무 길더군요. 그런데 우리는 교육도 받지 못 한 평범한 사람들이라서 그만 다 기억하지 못했습니다. 딱 한번만 더 해주시겠습니까?"

사제는 그 자리에서 그들의 발 앞에 무릎을 꿇고 이렇게 말했다.

"용서해 주십시오. 제가 죄를 지었습니다. 당신들의 기도 가 옳았습니다. 그 기도는 가슴에서부터 나온 것이기 때문입 니다. 그러나 제가 하는 기도는 가슴에서부터 나온 것이 아 니라 단지 배운 것에서부터 나온 것이어서 소용이 없습니다. 제가 가르쳐 드린 기도는 잊어버리십시오. 그리고 전에 하던 식으로 기도하십시오."

　　기도는 배워서 되는 것이 아니다. 기도를 하기 위해서는 깨어 있는 눈과 감응하는 가슴으로 삶을 살아야 한다. 그때 기도는 그대 자신의 것이 되어 그대의 가슴으로부터 흘러나온다. 말은 그다지 의미 있는 것이 아니다. 중요한 것은 그 말 뒤에 숨어 있는 가슴이다.

존재는 경험을 필요로 한다

물라 나스루딘이 사공으로 일하고 있었다. 어느 날 한 사제가 그의 배에 탔다. 강 한복판에서 그가 나스루딘에게 물었다.

"당신은 무엇을 배웠소, 나스루딘?"

나스루딘이 말했다.

"나는 무식합니다. 아무것도 배운 것이 없습니다. 학교에 가 본 일도 없거든요"

성직자가 말했다.

"그렇다면 당신은 인생의 반은 거의 헛살았소. 어떻게 사람이 아무것도 배우지 않고 살 수 있겠소?"

나스루딘은 아무 말도 하지 않았다. 그때 갑자기 폭풍이 일어 배가 물속에 잠기게 되었다. 나스루딘이 말했다.

"자, 위대하신 학자시여, 수영을 배운 일이 있습니까?"

사제가 말했다.

"아니오, 나는 헤엄을 칠 줄 모른다오."

물라가 말했다.

"그렇다면 당신은 인생의 전부를 헛살았군요. 저는 가겠습니다."

학식은 수영이 되지 못한다. 존재는 경험을 필요로 한다. 배웠다고 해서 앎이 되는 것이 아니다.

어느 아이의 일기

한번은 어떤 아이의 일기를 본 일이 있다. 12월 25일 날짜 일기장에 이렇게 쓰여 있었다.

"죠오 아저씨에게 공기총을 선물 받았다. 죠오 아저씨는 이 세상에서 가장 멋있는 아저씨이다. 이제까지 그런 아저씨는 보지 못했다. 그리고 앞으로도 그런 아저씨는 없을 것이다. 그런데 지금 비가 내리고 있어 밖으로 나갈 수가 없다. 나는 지금 당장 사냥을 하고 싶다"

12월 26일 : "아직도 비가 내리고 있다. 조바심이 나서 어쩔 줄을 모르겠다."

12월 27일 : "아직도 비다. 너무도 답답하다. 무엇인가를 부수고 싶다"

12월 28일 : "아직도 비가 온다. 화가 나서 죠오 아저씨를 쏘았다"

이것이 어린아이의 세계이다. 아이는 어떠한 목적도 없이 움직인다. 아이들에게는 놀이 자체만으로도 충분하다.

규율

이런 일이 있었다. 뮬라 나스루딘이 술집에서 술을 마시고 있었다. 내가 물었다.

"나스루딘, 지금 무엇을 하고 있나? 자네는 어제부터 술을 끊고 완전한 금주자가 되기로 하지 않았나? 그런데 지금 무얼 하고 있지?"

나스루딘이 말했다.

"그래, 나는 완전한 절대금주자지. 그렇지만 완고한 고집쟁이는 아니야."

그대가 누가 되었든지 항상 유동적이 되어라. 그대 주위에 고정된 틀을 만들지 말라. 항상 움직이고 흐르도록 하라. 어떤 때는 규율에서부터 벗어나기도 해야 한다. 삶은 규율보다도 더 광대하기 때문이다.

홀아비

장례식이 끝났다. 막 홀아비가 된 골드버그는 아직도 흐느끼면서 처제를 따라 대기해 있던 리무진에 올라탔다. 차가 묘지 대문을 벗어날 무렵, 처제는 골드버그의 손이 자신의 허벅지를 슬그머니 그러나 열정적으로 더듬고 있는 것을 느끼고는 경악했다. 그녀가 비명을 질렀다.

"형부, 이런 마귀, 악마, 짐승! 언니의 시신이 채 식기도 전에 이게 무슨 짓이에요!"

아직도 슬픔에 떨리는 목소리로 골드버그가 대답했다.

"이렇게 슬픈데 내가 무엇을 하고 있는지 어떻게 알겠소?"

사람들은 슬픔이나 다른 분위기 속에서도 똑 같은 상태에 머물러 있다. 그들의 차원은 변하지 않는다.

정신분석

　이런 이야기가 있다. 물라 나스루딘이 정신분석을 받았다. 정신분석학자가 몇 가지 질문을 했다. 나스루딘이 어떤 유형의 인간인가 하는 것을 알려는 테스트였다. 그는 선을 하나 긋고 나서 나스루딘 에게 물었다.

　"이것을 보면 무슨 생각이 납니까?"

　나스루딘이 말했다.

　"그야 물론 아름다운 여자가 생각납니다"

　단지 직선일 뿐이었다. 정신 분석가는 약간 당황했다.

　그는 다시 원을 그리고 이렇게 물었다.

　"그러면 이것을 보면 무슨 생각이 납니까?"

　나스루딘이 말했다.

　"그야 물론 아름다운 여자나 나체로 있는 여자가 생각나는 데요"

　정신분석학자는 이번에는 삼각형을 그렸다. 그러자 나스루딘이 눈을 감으면서 이렇게 말했다.

"제발, 제발 그것만은……"

그가 말했다.

"이것이 무슨 생각을 나게 하는데 그러십니까?"

나스루딘이 말했다.

"이 여자가 지금 매우 성가신 일을 하려고 하고 있어요"

그러자 정신분석학자가 이렇게 말했다.

"당신은 섹스에 매우 몰두하고 있는 것 같군요"

나스루딘이 말했다.

"뭐라구요? 내가요? 내가 섹스에 몰두하고 있다구요? 누가 이 지저분한 그림들을 그렸는데 그런 말을 합니까? 당신입니까, 아니면 나입니까?"

그대는 이 세상 전체를 다 볼 수 있을지도 모르지만 막상 그대 자신은 보지 못한다. 그리고 자기 자신의 문제를 남의 탓으로만 돌린다. 이렇게 자기 자신이 누구인지, 자기가 무엇을 하고 있는지, 그리고 왜 그런 일을 하고 있는지를 모르면서 세상을 살고 있다. 내가 내 몸과 기분에만 신경 쓸 일이 아니라 지금 신경 쓰고 있는 '나'라는 주체에 대해서도 깊이 생각해볼 일이다.

올바른 기도

모세가 어떤 마을을 지나가다가 웬 사람이 기도하고 있는
것을 목격했다. 그런데 그 사나이는 너무도 어처구니없는 기
도를 하고 있었기 때문에 모세는 발을 멈추고 계속 지켜보았
다. 그 기도는 하지 않는 편이 나을 정도였다. 그 사람은 도
저히 상상조차 할 수 없는 것을 말하고 있었다. 그는 이렇게
말하고 있었다.

"주여, 제가 당신 곁에 있도록 해주십시오. 그렇게만 해주
시면 약속드리겠습니다. 당신의 몸이 더러울 때 제가 깨끗이
씻어 드리겠습니다. 이가 있을 때는 말끔히 잡아 드리겠습니
다. 저는 훌륭한 구두 수선공입니다. 당신에게 최고로 좋은
신발을 만들어 드리겠습니다. 아무도 당신을 돌보지 않습니
다. 주여, 제가 당신을 돌보겠습니다. 당신이 아프실 때 제가
당신을 보살펴 약도 마련 해 드리겠습니다. 그리고 저는 훌
륭한 요리사이기도 합니다."

이런 식이었다. 그래서 모세가 말했다.

"그만 하라, 그런 어리석은 기도는 당장에 중지하라. 도대체 지금 무슨 말을 하고 있는가? 누구에게 말하고 있는가? 신에게 인가? 그런데 신에게 이가 있다고? 그의 옷이 더러워 네가 빨아 주겠다고? 그리고 그를 돌봐주는 사람이 아무도 없다고? 네가 그의 요리사가 되겠다고? 이런 기도를 누구한테서 배웠는가?"

그 사람이 말했다.

"이 기도는 어느 누구에게 배운 것이 아닙니다. 저는 매우 가난하고 교육도 받지 못했습니다. 그래서 어떻게 기도해야 하는지 모릅니다. 저는 이 기도를 제 스스로 만들었습니다. 그리고 이 기도는 제가 알고 있는 전부입니다. '이'는 저에게 많은 피해를 줍니다. 하느님도 틀림없이 이를 귀찮아할 것입니다. 그리고 제 경우엔 음식이 형편없습니다. 내 아내는 요리 솜씨가 엉망입니다. 그래서 속이 거북할 때도 있지요. 하느님 역시 음식 때문에 고통스러울 때가 있을 것입니다. 제 기도는 단지 제 경험에서 우러나온 것일 뿐입니다. 선생님이 올바른 기도를 알고 있다면 제발 좀 가르쳐 주십시오"

그래서 모세는 그에게 올바른 기도를 가르쳐 주었다. 그 사람은 절까지 하면서 고마워했다. 그리고 깊은 감사의 눈물을 흘리면서 떠나갔다. 모세는 매우 기뻤다. 자기가 좋은 일을 했다고 생각했다. 그래서 하늘을 바라보며 신이 어떻게 생각 할까를 알아보았다.

　그런데 신은 매우 화가 나 있었다. 신이 말했다.

　"나는 사람들을 나에게 가까이 오게 하려고 그대를 세상에 내려 보냈다. 그런데 그대는 내가 가장 사랑하는 사람 하나를 멀리 쫓아 보냈다. 이제 그는 올바른 기도를 할 것이지만 그것은 전혀 마음에서 우러나는 기도가 아니다. 기도란 율법과는 아무 상관도 없는 것이다. 기도는 사랑이지 율법이 아니다. 사랑은 그 자체로서 하나의 법칙이다. 사랑은 다른 법칙을 필요로 하지 않는다."

모세는 입법자였다. 그는 사회를 만들었다. 그리고 십계명을 세상에 전했다. 그 십계명은 서양 문명의 기초가 되어 지금까지 남아 있다. 유태교, 기독교, 마호멧교의 세 종교가 모두 모세의 율법에 기초하고 있다. 그러므로 이 세상에는 입법자가 오직 둘밖에 없다. 동양에는 마누가 있고 서양에는 모세가 있다.

한두교, 자이나교, 불교는 마누의 율법을 이어받았고 마호멧교, 기독교, 유태교는 모세의 율법을 받았다. 이 두 입법자가 세계를 만들었다. 그런데 그들의 이름에는 첫 자가 모두 '미음 M'이라는 우연히 있다. 중국이나 소련에서는 마르크스가 만들어준 법을 이용하고 있다. 세 사람 모두가 '미음'으로 시작하는 이름을 가진 입법자인 것이다. 묘한 일이다.

남편의 휴식

수잔은 항상 한 달에 한 번은 극장에 가자고 남편 톰에게 졸라댔다. 그러나 톰은 극장을 싫어했다.

그는 이렇게 불평했다.

"수잔, 차라리 집에 있으면서 텔레비전으로 스포츠 중계나 보면 좋겠어."

"그게 당신이 생각할 수 있는 전부예요? 스포츠 중계요?"

수잔이 반박했다.

"어쩌다 한 번쯤은 제 생각도 좀 해주세요. 닭장에 갇힌 것처럼 하루 종일 집에서 혼자 있을 저를 말이에요"

그래서 그날은 친구들과 동반해서 극장에 가게 되었다.

제 2막이 끝나갈 무렵 어디선가 커다란 코고는 소리가 그들을 놀라게 했다. 사람들이 모두 어디에서 코고는 소리가 나는지 돌아보았다. 거기에는 톰이 잠에 골아 떨어져 있었다. 수잔은 창피해서 얼굴이 빨개졌다.

"어쩌면 이렇게 구경거리가 될 수 있을까! 이 창피함은 절대로 잊지 못할 거야."

"그를 방해하지 말아요."

옆에서 구경하던 관객 중의 한 사람이 말했다.

"자기 자신을 즐기고 있는 사람은 그 사람밖에 없습니다."

그대 남편에게 친절히 하라. 잠시 동안이라도 긴장을 풀고 즐기도록 해주어라. 충분히 자게 하라. 거기에는 잘못된 것이 아무것도 없다.

속임수

어떤 랍비가 말을 타고 마을로 들어왔다. 그는 다른 마을로 가고 있었다. 그는 매우 피로해서 약간 휴식을 취하고 싶었다. 그래서 말은 바깥 나무 밑에 놓아두고서 말 먹이로 약간의 건초를 주어 쉬게 하고 주막에 들어갔다.

물라 나스루딘이 다른 나무 밑에 술에 취해 앉아 있었다. 말이 아름다웠다. 그는 그 말을 보려고 가까이 다가갔다. 그가 말 가까이에 서 있을 때 말 장사꾼이 지나가다가 그 말이 매우 드물게 아름다운 것을 보고 나스루딘에게 이렇게 물었다.

"이 말, 당신 것이오?"

나스루딘은 취한 상태에서 그처럼 아름다운 말이 자기 것이냐고 묻는 말에 기분이 좋아져 그렇다고 했다.

그러나 한 가지 일이 다른 일을 불러오는 것이다. 그 사람이 이렇게 물었다.

"그 말을 사고 싶은데 얼마나 받겠소?"

이제 나스루딘은 꼼짝할 수 없게 되었다. 그래서 그는 아무 문제도 없게 하려고 터무니없는 값을 요구했다. 그는 이렇게 말했다.

"2천 루피요."

그 말은 5백 루피의 값어치도 안 되었다. 그래서 2천 루피를 낼 사람은 아무도 없을 것이고, 따라서 일은 간단히 끝날 것이었다. 그러나 말 장사꾼은 이렇게 말했다.

"좋소. 여기 2천 루피를 받으시오."

이제 그는 곤경에 빠졌다. 하지만 2천 루피라……. 그때 이런 생각이 들었다. '랍비는 안에 있으니 아무것도 모르겠지. 이 2천 루피를 안 받다니. 아무도 보는 사람이 없으니 아무런 문제도 없겠지' 그래서 그가 말했다.

"좋습니다."

이렇게 해서 그는 2천 루피를 받고 상인은 그 말을 가져갔다. 말이 끌려 간 순간 랍비가 나왔다. 나스루딘이 2천 루피를 들고서 무엇을 어떻게 해야 좋을지 몰라 당황했다. 술에 너무 취해 있었기 때문에 쉽게 도망칠 수도 없었다. 그러자 그는 마음속으로 수를 생각해 내기 시작했다. 그리고는 해결 방법을 찾아냈다. 그는 엎드려 마치 자기가 말인 양 입에다 건초를 물었다. 랍비는 도대체 무슨 일이 일어났는지 알 수가 없었다. 그가 이렇게 말했다.

"당신 도대체 무얼 하고 있는 거요? 당신 미쳤소?"

나스루딘이 말했다.

"먼저 제 말씀을 들어 보십시오"

이제 그의 마음은 재빨리 움직이고 있었다. 그는 신학자가 되어, 하나의 답을 생각해내고 있으면 다른 문제가 생겨 그 다음엔 자신이 판 함정에 빠지곤 했다. 그가 이렇게 말했다.

"20년 전 내가 젊었을 때 나는 어떤 여자에게 죄를 지었습니다. 그때 하느님께서 어떻게 하신지 아십니까? 하느님이 매우 노하셔서 나에게 벌을 내려 나를 말로 만들었습니다. 그렇게 해서 이렇게 당신의 말이 되어 20년 동안 당신에게 봉사를 했는데 이제 그 벌이 다 끝났는지 다시 사람이 되었습니다."

랍비는 죄인이 벌을 받은 것을 보고 떨기 시작했다. 누군들 죄인이 아니겠는가? 랍비 그 자신도 많은 여인들에게 죄를 지었기 때문에 이런 일을 보고 떨기 시작한 것이다. 그는 무릎을 꿇고 기도를 하기 시작했다. 그러나 해결해야 할 현실적인 문제가 있었다. 기도를 마친 뒤에 그가 말했다.

"좋소. 그런데 다른 마을로 가야 하는데 이제는 어떻게 하지요?"

나스루딘이 말했다.

"시장이 그리 멀지 않으니 가서 말을 하나 사시지요."

그의 말을 듣고 랍비는 시장에 갔다. 그런데 말 장사꾼 집에 자기 말이 서있지 않은가? 그는 또다시 떨기 시작했다. 그리고 말에게 다가가서는 귀에 대고 이렇게 말했다.

"나스루딘, 이게 어떻게 된 일이오? 벌써 죄를 짓고 다시 말이 된 거요?"

마음은 계속해서 속임수를 찾아내고 있다. 그렇게 해서 신을 만들고 기도를 하며 벌을 받고 지옥이나 천국으로 보내진다. 이 모든 것이 단지 상상일 뿐이다. 신이나 지옥 또는 천국이라는 것은 없다. 모두 마음의 작용이다. 내 마음속에 천국과 지옥 신과 악마가 공존하고 있는 것이다.

아내의 사랑은 의무인가

어느 날 물라 나스루딘이 집으로 돌아왔을 때 그의 가장 친한 친구가 그의 아내와 키스를 하고 있는 것을 발견했다. 그가 말했다.

"이런, 믿을 수가 없는 걸. 나는 의무적으로 하고 있지만 자네는 왜 그 짓을 하고 있나?"

사랑은 배고픔이지 의무가 아니다. 사랑이 배고픔이 될 때 만족이라는 면을 갖게 된다. 사랑이 만족될 때 그대는 환희의 극치를 느낀다. 모든 것이 다 좋아진다. 그때 그대는 모든 존재를 찬양할 수 있게 되고 모든 존재로부터 찬양 받을 수 있게 된다. 모든 것이 오직 아름다울 뿐이다. 그러나 그것은 배고픔을 통해서 오게 되어 있다.

그림

여기 어떤 선사의 일화가 있다. 정신이 아찔할 만큼 믿을 수 없는 극히 드문 일이다. 그가 왕의 궁전에서 그림을 그리고 있었다.

왕은 매일같이 그 그림이 완성되었는지를 물었다. 그러면 그는 항상 조금만 더 기다리라고 했다.

몇 년이 지났다. 그러자 왕이 이렇게 말했다.

"시간이 너무 많이 걸리는군. 그리고 그대는 나를 방에 들어오지도 못하게 하는데─그는 문을 걸어 잠그고 그림을 그리곤 했다─그대가 방안에서 뭘 하고 있는지 더욱더 호기심만 늘어난단 말이오. 이제 나는 늙어가고 있는데 아직도 그림이 끝나지 않았소?"

선사가 말했다.

"그림은 이미 준비되었습니다. 그러나 제가 살피건대 왕께서 아직 준비가 되어 있지 않습니다. 그림은 이미 오래 전에 준비되었지만 그것이 문제가 아닙니다. 왕께서 아직 준비되어 있지 않은데 누구에게 그것을 보여줄 수 있겠습니까?"

존재는 항상 준비된 채로 기다리고 있다. 매 순간, 어떤 길목이나 구석에서든 존재는 기다리고 있다. 무한한 인내로써 기다리고 있다. 그러나 그대는 아직 준비되어 있지 않다.

마침내 왕이 준비가 되자 그 화가는 '좋습니다. 이제 때가 되었습니다.'하고 말했다. 그들은 방 안으로 들어갔다. 아직까지 그 방에 들어가 본 사람은 아무도 없었다. 그림은 정말로 아름다웠다. 그림이 아니라 실물처럼 보였다. 산과 계곡의 그림이었다. 마치 실물처럼 삼차원의 공간을 보는 것 같았다. 그런데 거기에는 계곡을 따라서 들어가는 작은 길이 있었다. 이제 이 이야기의 가장 어려운 부분이 시작된다.

왕이 물었다.

"이 길은 어디로 가는 길이오?"

화가가 말했다.

"저도 아직 이 길을 따라가 보지 않았습니다. 그렇지만 기다리십시오. 제가 한 번 가보겠습니다"

선사는 그 길을 따라 언덕 너머로 사라지더니 다시는 돌아오지 않았다고 한다.

아집과 탐욕으로 뭉친 의식세계에 머물러 있는 자신을, 버린다는 생각조차도 없이 진정으로 버릴 때 그대는 거짓된 나로부터 벗어나서 또 다른 참된 자아 '自我)와 만나게 될 것이다. 이는 마치 지금까지 강물에 비친 달이 가짜 인줄 모르고 바라보고 있다가 한 순간 이것이 허상인줄 알고 깨달아서 하늘에 떠 있는 실상의 달을 쳐다보게 되는 것과 같은 이치이다.

삶과 리듬

어느 모하메드교의 나라에서 이런 일이 있었다. 그 나라의 왕이 한 여자와 사랑에 빠졌다. 그런데 그 여자는 다른 사람과 사랑에 빠져 있었다. 그녀가 사랑한 사람은 그 왕의 노예였다. 그 여자가 왕인 자기에게는 아무런 주의도 기울이지 않으면서 아무것도 아닌 노예와 사랑에 빠져 있다는 것이 왕으로서는 도저히 이해할 수 없는 일이었다. 왕은 노예를 당장에 죽일 수도 있었다. 그는 티끌 같은 존재였으니까. 그러나 이렇게 되는 것이 인간사이다. 삶은 신비로운 것이다. 삶을 수학적으로 따질 수는 없다. 아무도 삶을 모른다. 그대가 왕이라도 사랑은 강요할 수 없는 것이다. 그가 노예일망정 사랑은 그를 왕으로 만든다.

왕은 그녀가 마음을 돌릴 때가 있으리라고 생각하고 그녀의 환심을 사려고 애쓸 뿐이었다. 그러나 아무리해도 번번히 실패하기만 할 뿐이었다. 왕은 매우 화가 났다. 그렇지만 그는 진정으로 그 여인을 사랑했기 때문에 그 여인이 사랑하는 노예를 죽이기가 두려웠다. 그 여인에게 상처를 입힐 것이 두려웠다. 그 노예를 죽인다면 어쩌면 그 여인이 자살을 할지도 모른다. 그 여인은 그만큼 노예에게 미쳐 있었다.

그래서 왕은 현자를 찾아가 물었다. 그 현자는 헤라클레이토스와 같은 사람임에 틀림없었다. 헤라클레이토스는 모든 현자의 최정상인 것이다. 그 현자가 말했다.

"대왕께서 그 동안 잘못하셨습니다."

왕은 갖은 방법으로 그들을 떼어 놓으려고 애써 왔기 때문이다. 현자가 말을 이었다.

"그것이 잘못입니다. 그들을 떼어 놓으려고 하면 할수록 그들은 더욱 더 떨어지지 않으려고 합니다. 그들을 함께 있도록 해 두십시오. 그러면 곧 그들의 관계는 끝나게 됩니다. 그들이 서로 떨어질 수 없도록 항상 같이 있게 하십시오."

왕이 말했다.

"어떤 방법으로 그렇게 해야겠소?"

그가 말했다.

"그들을 함께 묶어 놓고 사랑하도록 밀어붙이십시오. 그리고 절대로 떨어지지 않게 하십시오"

왕은 그렇게 했다. 왕은 그들을 기둥에 묶어 놓고 발가벗긴 채 서로 사랑하게 했다. 그렇지만 그렇게 묶여 있는 상태에서 얼마나 오랫동안 사랑을 할 수 있겠는가? 결혼하고 나면 사랑이 사라지는 이유가 바로 그것이다. 그대가 어떤 것에 묶여 있으면서 그 곳에서부터 빠져 나오지 못한다고 할 때, 그것은 단지 한 번 해보는 실험에서나 있을 수 있는 일이다.

몇 분이 지나자 그들은 서로 싫증을 내기 시작했다. 몇 시간이 지나자 그들은 서로의 몸을 더럽혔다. 소변도 보아야 했고, 대변도 보아야 했기 때문이다. 어떻게 해야겠는가? 그들은 몇 시간 동안은 참아 냈다. 그러나 그들은 더 이상 참을 수 없음을 느꼈다. 뭐든 어떻게 할 수 없는 한도가 있는 법이다. 대변과 소변이 나오고, 그들은 서로 더럽히면서 더욱 미워하게 되었다. 그러자 그들은 눈을 감아 버렸다. 서로를 보지 않으려고 했다. 24시간이 지난 다음에야 그들은 풀려났다.

그들은 서로의 얼굴을 다시는 보지 않으려고 했다. 그들은 풀려나자 궁정에서 달아났다. 그러나 그들은 각기 다른 방향으로 달아난 것이다. 그들은 서로의 얼굴을 다시는 보지 않게 되었다. 모든 것이 그처럼 추해진다. 결혼도 추해진다. 그 현자가 밝힌 이 원리를 따르기 때문이다.

삶에는 리듬이 있어야 한다. 만나는 때가 있으면 헤어지는 때도 있어야 하고, 더불어 있을 때가 있으면 홀로 있는 때도 있어야 한다. 자유롭게 만났다가 다시 자유롭게 떨어지는 리듬이 필요하다. 그렇게 해야만 배고픔과 만족의 균형이 이루어진다.

24시간 동안 계속해서 먹기만 한다고 하자. 거기에는 더 이상 배고픔도 없어지고 만족도 없어지게 된다. 영어로 아침식사를 'breakfast' 라고 하는 것은 의미 있는 것이다. 그것은 단식 (fast) 을 그만둔다. (break) 는 뜻이다. 음식을 즐기고 싶다면 먼저 단식을 해야 한다. 그것이 대립되는 것 사이에서 이루어지는 숨은 조화이다.

십계명의 가격

그 일은 신이 세상을 처음 창조했을 때 일어났다. 신이 지상의 여러 민족에게 십계명에 대해서 묻기 위해 지상에 내려왔다. 유태인들은 그 열 가지 계율에 매우 큰 의미를 부여했다. 기독교인들도 이슬람 교인들도 마찬가지였다. 이 종교들은 모두 유태 적이다. 그 근원이 유태 적이기 때문이다. 그리고 유태인은 완전한 사업가다.

그는 힌두교도들에게 가서 물었다.

"그대들은 십계명을 가지고자 하는가?"

힌두 교인들이 말했다.

"첫 번째가 무엇입니까? 우선 그것이 무엇인지 알아야 되겠습니다. 우리들은 십계명이 무엇인지 모릅니다."

신이 말했다.

"죽이지 말라."

힌두교 인들이 말했다.

"그것은 어려울 것 같습니다. 삶은 복잡한 것이고 거기에 는 살생이 포함됩니다. 삶이란 거대한 우주적 유희이기 때문 에 거기에는 탄생, 죽음, 투쟁, 경쟁 들이 존재합니다. 만약 모든 경쟁이 사라진다면 삶은 단조롭고 따분해질 것입니다. 우리들은 이 계율이 마음에 들지 않습니다. 그것은 삶의 게 임을 파괴할 것입니다"

그래서 신은 아랍인들에게 가서 말했다.

"간음하지 말라"

아랍인들도 예를 들어 달라고 했기 때문에 신은 그들에게 도 예를 들어 주었던 것이다.

아랍인들은 말했다.

"이는 어려울듯합니다. 삶은 그 모든 아름다움을 상실할 것입니다. 최소한 네 명의 부인이 필요한데, 당신은 그것을 간음이라고 할 것입니다. 그러나 이는 삶이 우리에게 주는, 덕 있는 자가 마땅히 가져야 하는 것입니다. 누가 저 세상을 알겠습니까? 여기는 이 세상입니다. 당신은 이 세상을 우리 에게 즐기라고 주고 나서 다시 십계명을 가지고 왔습니다. 이는 모순입니다"

신은 이곳저곳을 돌아다니다가 마침내 유태인의 지도자

인 모세에게 왔다. 모세는 예를 들기를 청하지 않았다. 신은 불안했다. 만약 모세마저 거절한다면 아무도 없었다. 모세가 마지막 희망이었다.

신이 모세에게 '나는 십계명을 가지고 있는데……'라고 했을 때 모세는 뭐라고 대답했을까? 그는 말했다.

"그것은 얼마입니까?"

이것이 사업가가 생각하는 방식이다. 그가 알고자 했던 첫 번째 것은 가격이었다.

신이 말했다.

"대가는 없다"

그러자 모세가 말했다.

"그러면 제가 그것을 가지겠습니다. 비용이 들지 않는다면 문제가 없으니까요"

이렇게 해서 십계명이 생겨나게 되었다. 뛰어난 유태인의 상술을 비유적으로 한 말이다.

도둑과 사원

도둑의 무리가 실수로 어느 사원에 들어갔다. 그 사원이 풍족하게 보여서, 그들은 그것이 어느 부자의 소유일거라고 생각하고 들어갔던 것이다. 그러나 안에 있던 승려들은 완강히 저항했고 도둑들은 겨우 도망칠 수 있었다. 그들이 마을의 그 외곽에 다시 모였을 때, 한 도둑이 말했다.

"나쁘지 않군, 우리들 수중에 100루피가 들어왔으니"

그러자 두목이 말했다.

"이 바보야! 내가 항상 승려들을 피하라고 했잖아. 우리가 그 사원에 들어가기 전에는 500루피를 가지고 있었단 말이야!"

나도 역시 그들에게 말한다. 승려들을 피하라. 그대가 사원에 500송이의 꽃을 가지고 들어가면 나올 때는 100송이 밖에 없을 것이다.

유령 같은 아내

매우 부유한 두 사업가가 마이애미 해변에서 쉬고 있었다. 그들은 누워서 일광욕을 하고 있었다.

한 사람이 말했다.

"나는 사람들이 엘리자베드 테일러라는 여배우에게서 무엇을 보는지 이해할 수가 없더군. 무엇을 보는지, 왜 그처럼 열중하는지 이해가 안 돼. 거기에 무엇이 있나? 그녀에게서 눈 빼고, 머리카락 빼고, 입술 빼고, 몸매 빼면 뭐가 남나?"

그대의 부인, 그대의 남편이 이렇게 되었다. 아무것도 남지 않았다. 친숙함 때문에 모든 것이 사라졌다. 그대의 남편은, 그대의 부인은 몸매도, 입술도, 눈도 없는 유령이며 단지 하나의 추한 현상이다.

통역자

한 저명인사가 아프리카의 아주 오래되고 원시적인 원주민 부락을 방문했다. 그는 매우 긴 이야기를 했다. 거의 30분 동안 그 이야기는 계속되었다. 그의 말이 끝나자 옆에 서 있던 통 역자가 통역을 했는데 그는 단지 두 마디만을 했다. 그러자 그 원주민들은 크게 웃었다.

그 저명인사는 당황했다. 그는 그 이야기를 30분 동안이나 했는데 어떻게 단 두 마디로 통역될 수 있단 말인가? 그것은 불가능하게 보였다. 그런데 사람들은 이해한 듯이 크게 웃고 있다. 당황한 그는 통역자에게 말했다.

"그대는 참 대단하다. 그대는 단지 두 마디만을 했다. 나는 그대가 무슨 말을 했는지 모르겠는데, 어떻게 그 긴 이야기를 두 마디로 옮길 수가 있는가?"

통 역 자가 말했다.

"이야기가 너무 길더군요.. 그래서 저는 말했습니다. 그는 농담을 하고 있다, 웃어라"

자신을 돋보이게 하려고 말을 길게 늘어놓는 사람이 있다. 그러나 길게 연설하는 연사치고 신통한 사람이 없다. 짧고 명료한 연설이 청중을 감동시키게 마련이다.

거지와 오르간

어떤 왕의 거대한 궁전에 오르간이 있었다. 왕은 그것을 매우 아꼈는데 어디엔가 고장이 생겼다. 그 오르간은 매우 독특한 것이어서 아무도 그것을 수리할 줄 몰랐고 아무도 그와 같은 것을 본 적이 없었다.

이 왕은 그가 아주 어렸을 때, 그의 아버지가 살아 있었을 때 그 오르간 소리를 들었는데 그때 이후로 고장이 나버렸다. 그러나 왕은 그 오르간을 몹시 아꼈으므로 자기의 방 안에 두고 있었다. 그것은 곁에서만 봐도 아름다웠다. 많은 기술자가 불려왔으나 소용이 없었다. 그들은 많은 노력을 했으나 점점 더 나빠질 뿐이었다. 그 오르간은 점점 더 망가져 갔다. 그 왕은 희망을 잃었다. 오르간은 고쳐질 수 없었다.

그런데 갑자기 어느 날 어떤 거지가 나타났다. 그가 문지기에게 말했다.

"저는 그 오르간이 고장 났다는 말을 들었는데, 제가 그것을 고칠 수 있습니다"

그 문지기는 웃지 않을 수 없었다. 왜냐하면 여러 나라에서 뛰어난 기술자와 음악가들이 왔었으나 어디가 고장인지를 몰랐고, 그 오르간이 너무 복잡해서 그것이 어떤 형태의 오르간이며 어떤 종류의 음악이 연주될 수 있는지조차도 몰랐었기 때문이다.

문지기는 막 웃음을 터뜨리려다가 그 거지를 바라보았다. 그러자 그 거지는 목소리와 눈동자가 믿을 만한 듯이 보였다. 그는 절대적으로 확신하고 있었으며 비록 거지일망정 그의 얼굴은 당당하게 보였다.

그 문지기의 마음은 말하고 있었다.

"아마 또 한 번의 시간낭비가 될 거야."

그러나 가슴은 말했다.

"이 사람은 매우 자신에 차 있는듯한데 한 번 해보게 한들 또 어떻겠나?"

그래서 그는 그 거지를 왕에게 데리고 갔다. 거지를 보자 왕은 웃음을 터뜨리며 말했다.

"그대는 미쳤는가? 많은 기술자가 시도해 보았으나 모두 실패했다. 그대는 미쳤음에 틀림없구나. 그대는 자신이 고칠 수 있다고 생각하는가?"

그 거지가 말했다.

"더 이상의 고장은 없을 것입니다. 그 오르간은 완전히 고장이 나 있기 때문에 제가 더 이상 고장 낼 수도 없을 것입니다. 그러니 폐하께서 저에게 기회를 한 번 주신들 무슨 손해가 있겠습니까?"

왕은 생각한다.

"그가 옳다. 더 이상 고장 날 수는 없을 것이다"

그래서 말했다.

"좋아. 해보게"

여러 날 동안 그 거지는 오르간 뒤에서 일하고, 또 일했다. 그러다가 갑자기 어느 날 한밤중에 그는 오르간을 연주하기 시작했다. 궁전 전체가 미지의 멜로디로 매우 신성한 뭔가로 가득 채워졌으며 그래서 모든 사람이 달려왔다. 왕도 침실에서 나와서 말했다.

"그대가 해냈구나. 그 일은 매우 어려운 일이었을 텐데……. 그 일은 거의 불가능했을 텐데……. 그대는 기적을 행했네!"

그 사람이 말했다.

"아니오, 어렵지 않았습니다. 왜냐하면 제가 그것을 만들었기 때문입니다. 폐하의 아버님이 생존해 계실 때에 제가 이 오르간을 만들었습니다."

 문제를 일으킨 사람은 문제를 풀 수 있는 방법도 알고 있다.

실체에 대하여

두 절이 서로 이웃해 있었고 각 절의 주지에게는 심부름을 시키는 작은 소년이 하나씩 있었다. 두 소년은 시장에 가서 주지에게 필요한 채소 등의 물건을 사오곤 했다.

이 절들은 서로 상대편에 대해서 적대적이었다. 그러나 소년들은 역시 소년들이었기 때문에 그런 관계를 전혀 잊고, 길에서 만나면 서로 이야기를 나누며 놀곤 했다. 사실은 서로 이야기하는 것 조차도 금지되어 있었다. 상대편은 적이기 때문이었다.

어느 날, 한 쪽 절의 소년이 돌아와서 말했다.

"저는 어찌할 바를 모르겠습니다. 제가 오늘 시장에 가다가 저쪽 절에 있는 애를 만나게 되어 그에게 물었습니다. '어디 가는 중이니?' 그가 대답했습니다. '바람 부는 대로' 저는 뭐라고 대꾸해야 할지를 몰랐습니다. 그가 저를 당황하게 했습니다."

그 절의 주지가 말했다.

"그것은 바람직하지 않다. 우리 절의 사람은 누구나, 설사

하인까지도 저쪽 절의 사람들에게 져 본 적이 없다. 따라서 너도 그 아이에게 이겨야 한다. 내일 만나거든 다시 어디 가는 중이냐고 물어봐라. 걔가 '바람 부는 대로'라고 대답하면 너는 말해라. '바람이 없으면 어떻게 하니'라고"

그 소년은 밤새 잘 수가 없었다. 그는 다음 날 무슨 일이 일어날지 상상하려 애를 썼다. 그는 여러 번 되새겼다. 그가 물어보고 상대편 소년이 대답하면 그때 그는 준비한 질문을 할 것이다.

다음 날 그는 길에서 기다렸다. 이윽고 그 소년이 왔고 그는 물었다.

"어디 가는 중이니?"

그 소년이 말했다.

"발 가는 대로"

그는 다시 어찌할 바를 몰랐다.

그는 매우 침울하게 돌아와서 주지에게 말했다.

"그는 믿을 수가 없습니다. 그의 대답은 바뀌었고 저는 무슨 말을 해야 할지 몰랐습니다"

그러자 그 주지가 말했다.

"내일 걔가 '발 가는 대로'라고 하면 너는 '네가 만일 절름거리게 되거나 발이 잘려지면 어떻게 할래?'하고 물어라"

다시 그는 잠들 수 없었다. 그는 일찍 나가서 길에서 기다렸다.

그 소년이 왔을 때 그가 말했다.

"어디 가는 중이니?"

그러자 그 소년이 대답했다.

"시장에서 야채를 사 오려고!"

그는 매우 혼란스러워져서 돌아와 주지에게 말했다.

"도저히 안 되겠어요. 그는 계속 바뀌고 있어요."

삶이란 그 소년과 같다. 실체는 고정된 현상이 아니다. 오직 그때그때의 반응만이 실체와 부합할 수 있다. 만약 그대의 대답이 미리 고정되어 있다면 그대는 이미 죽은 것이며 모든 것을 이미 놓친 것이다. 내일이 오면 그대는 내일을 맞이하지 못한다. 그대는 이미 지나가 버린 어제에 고정되어 있기 때문이다.

질문과 답변

어떤 사람이 붓다를 판단해 보려고 했다. 그는 매년 찾아 가서 똑 같은 질문을 하곤 했다. 그는 생각했다.

"이 사람이 정말 안다면 대답은 항상 같겠지. 어떻게 대답 이 바뀔 수 있겠는가? 만약 내가 가서 '신이 존재합니까?'하 고 물을 때 그가 정말 안다면 '예'또는 '아니오'라고 말할 것 이다. 그러면 다음 해에 가서 다시 물어 보아야 되겠다"

그래서 몇 년 동안 그 사람은 계속 찾아 갔는데 점점 더 당황하게 되었다. 붓다는 어떤 때는 '예' 어떤 때는 '아니 오' 라고 했으며 또 어떤 때는 그냥 침묵하거나 미소만 짓고 대 답하지 않았다.

그 사람은 당황해서 말했다.

"어떻게 된 겁니까? 당신이 정말 안다면 당신은 확실해야 하고 대답은 고정되어야 합니다. 그러나 당신은 계속 바뀌고 있습니다. 어떤 때는 '예' 어떤 때는 '아니오'라고 합니다. 당 신은 제가 전에 똑 같은 질문을 했던 사실을 잊어버리셨습니까? 전에 당신은 침묵하고 있더니 지금은 미소를 짓고 있습니다. 저는 당신이 아는지 모르는지를 보기 위해서 일 년간이라고 하는 사이를 두고 계속 오고 있는 것입니다"

붓다는 말했다.

"그대가 처음 와서 신이 존재하느냐고 물었을 때 나는 대답했다. 그러나 나의 대답은 질문에 대한 것이 아니고 그대에 대한 것이었다. 그대는 변화했으며 이제 같은 대답을 할 수는 없다. 그대만이 아니라 나 또한 변화했다. 갠지스 강은 많이 흘러갔다. 같은 대답을 할 수도 없다. 나는 항상 똑 같은 대답만을 제시하는 경전이 아니다"

깨달은 사람은 살아 있는 강이다. 그리고 강은 항상 흐르고 있다. 아침에 그것은 떠오르는 태양의 금빛을 반사한다. 특이한 분위기가 있다. 저녁에 그것은 달라지며 밤이 오고 별들이 그 안에 비치면 또 다른 분위기가 연출된다. 모든 현상은 변화한다. 이것이 진리다.

결혼

어떤 사람이 어느 날 자기 부인에게 전화를 걸어 말했다.

"친구 한 명을 집으로 초대해 저녁식사를 함께 하려고 하오"

부인이 소리를 지르며 말했다.

"바보 같은 양반, 당신도 잘 알고 있잖아요. 요리사는 가 버렸고, 아이는 이빨이 나는 중이고, 나는 3일 동안 열이 있단 말이에요"

그 남자가 매우 조용히 대답했다.

"나도 잘 아오. 그래서 내가 이 친구를 집에 데려 가려고 하는 거요. 이 바보가 결혼할 생각을 하고 있거든"

결혼이란 그런 것이다. 이를테면 새장과 같은 것이어서 밖에서는 안쪽을, 안에서는 바깥쪽을 동경하게 되는 것이다.

이론과 실제

한 노름꾼이 다른 노름꾼에게 말하고 있었다.

"어제 나는 멋진 친구를 만났다네. 대단한 수학자 겸 경제학자인데 한 가족이 돈 없이 생활할 수 있는 이론체계를 세웠다네."

다른 도박꾼은 홍미를 가지고 즉시 그 이론이 어떤 건지 알고자 했다. 그가 물었다.

"그것은 현실에 적용될 수 있나?"

친구가 대답했다.

"그 이론은 아주 훌륭한데 한 가지 허점이 있다네. 현실 적용이 안 돼. 그것이 유일한 허점이야. 그렇지 않다면 아주 멋진 이론인데"

모든 이론체계는 멋있다. 헤겔, 칸트, 마르크스의 이론체계들은 모두 멋있다. 허점은 그것들이 죽어 있다는 점이다.

변명

두 회사원이 하루의 일을 마치고 시내의 술집에 술을 마시러 갔다. 그 중 하나가 한 잔 더 먹자고 했다. 그러나 친구는 집에 돌아가 아내에게 변명해야 한다며 거절했다.

"뭐라고 변명할 텐가?"

친구가 물었다.

"그걸 어떻게 알겠나? 아직 집에 가지도 않았는데"

현관에 서 있기만 하지 말라. 현관에 서서는 알 수가 없다. 집으로 들어오라. 내가 보여주는 무한 속으로 사라져라. 그러면 깨닫게 될 것이다. 그때 어떠한 설명이나 이론이나 합리화도 필요하지 않다. 체험 자체가 자명한 증거이기 때문이다.

꿈

어떤 사람이 자기 친구에게 말하고 있었다.

"어제 저녁 꿈을 꾸었는데, 아! 정말 멋진 꿈이었어. 코니 아일랜드에 갔는데, 나는 여태껏 그처럼 맛있는 것은 먹어보지 못했어."

친구가 말했다.

"웃기지마, 그게 멋진 꿈이라고? 어제 저녁 나도 꿈을 꾸었는데 한쪽에는 엘리자베드 테일러가 있었고 다른 한쪽에는 마릴린 먼로가 있었는데 둘 다 나체였단 말이야"

그러자 상대방이 열을 내면서 말했다.

"그러면 왜 나를 부르지 않았나?"

친구가 말했다.

"자네를 불렀는데 자네 부인이 그러더군. 자네는 이미 코니아일랜드로 떠났다고"

꿈속에서조차 마음은 계속 세계를 만들어내고 있다.-코니아일랜드
엘리자베드 테일러-그리고 그대는 다른 사람의 꿈에 대해서조차 질투를
한다. '왜 나를 부르지 않았나?

승려와 창녀

어느 늙은 부인에 대한 이야기를 들은 적이 있다. 그녀는 어느 불교 승려를 삼십 년 동안이나 보살폈고 그 승려를 위해 모든 일을 해주었다. 그녀는 어머니였으며 또한 제자였다. 그리고 그 불교 승려는 명상하고, 또 명상했다. 그 늙은 부인이 죽게 된 날, 그녀는 마을에서 창녀를 한 명 불러서 말했다.

"저 승려의 오두막에 들어가서 그의 옆으로 다가가 그를 껴안아 보라. 그리고 그가 어떻게 반응하는지 와서 내게 말해 달라. 오늘 밤 나는 죽을 것 같은데 나는 지금까지 내가 순수한 사람을 보살펴 왔는지 확인하고 싶다. 나는 확신을 못하겠다."

그 창녀는 두려워졌다. 그녀는 말했다.

"그는 매우 훌륭하며 성자다운 사람이에요.. 우리는 그토록 성자다운 사람을 본 적이 없는 것 같아요"

창녀까지도 거기에 가서 그 사람에게 접촉하는 것을 죄스럽게 생각했다. 그러나 그 늙은 부인은 그녀에게 돈을 주면서 구슬렸다. 그 창녀는 갔다. 문을 열었다. 그 승려는 명상하고 있었다.

한밤중이었다. 그곳은 매우 호젓하였으며 아무도 가까이에 없었다. 그 승려는 눈을 뜨고 창녀를 바라보더니 벌떡 일어나면서 말했다.

"그대는 왜 들어오고 있는가? 당장 나가라!"

그의 몸 전체가 떨고 있었다. 창녀는 더 가까이 갔다. 그 승려는 오두막의 밖으로 뛰쳐나가면서 외쳤다.

"이 여자가 나를 유혹하려 한다!"

그 창녀가 돌아와서 모든 이야기를 하자 그 늙은 부인은 하인을 시켜서 그 승려가 살던 오두막을 태워 버렸다. 그녀는 말했다.

"이 자는 아무 쓸모가 없다. 그는 아직 순수해지지 못했다. 그는 성자인 것처럼 보이지만 그의 성스러움은 추악한 것이다. 그것은 조작되어 있다. 왜 그토록 빨리 창녀라는 것을 알아차려야 했을까? 그 사람은 창녀가 아니라 한 여인이었다. 왜 그는 그녀가 자기를 유혹하러 왔다고 생각해야 했을까? 그는 최소한 친절했어야 했다.

그는 이렇게 말했어야 했다. '들어와서 앉으시지요. 왜 오셨습니까?' 그는 최소한 약간의 연민심이라도 보여줬어야 했다. 그리고 비록 여자가 자기를 안았더라도 왜 그가 두려워해야 되는가? 그는 나에게 30년 동안 말해 왔다. '나는 육체가 아닙니다.' 그가 육체가 아니라면 왜 그토록 육체를 두려워해야 하는가?"

그렇다. 그의 성스러움은 꾸며진 것이다. 그것은 겉치레이다. 그것은 내면에서 나오지 않고 겉에서 나온 것이다. 그는 그것을 잘 꾸며 왔으나 내면에서 그는 순수하지 않다. 그는 어린이 같지 않다. 그리고 성스러움이 어린이 같아지지 않으면 그것은 전혀 성스러움이 아니다. 그것은 가면을 써서 가리고 있는 죄일 뿐이다.

어머니

어떤 어머니가 자기 아이에게 말했다.

"나는 네가 담배를 피우기 시작했다는 말을 이웃사람들로부터 듣고 싶지는 않구나. 솔직하게 언제든지 담배를 피우기 시작하면 엄마에게 말하렴."

그 아이가 말했다.

"걱정 마세요 엄마. 저는 벌써 끊었어요. 제가 담배 끊은지 일 년이나 됐는걸요."

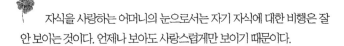

자식을 사랑하는 어머니의 눈으로서는 자기 자식에 대한 비행은 잘 안 보이는 것이다. 언제나 보아도 사랑스럽게만 보이기 때문이다.

냄새의 대가

중국의 어떤 마을에 큰 식당이 하나 있었다. 그 마을에서 가장 크고 가장 호화스러운 식당이었다. 그리고 바로 그 식당 옆에 어떤 가난한 사람이 살고 있었다. 그는 그 식당에 갈 수 없었다. 그 식당 음식 값이 너무 비쌌기 때문이었다. 그런데 그는 그 냄새를 킁킁거리며 맡곤 했고 점심이나 저녁을 먹을 때면 의자를 집 밖으로 가지고 나와서 가능한 한 식당 쪽으로 가까이 갔다. 그리고는 거기 앉아서 그 식당에서 나오는 냄새를 맡으며 식사를 했다. 그는 그것을 즐겼다. 그는 작은 세탁소를 경영하고 있었다. 그런데 어느 날, 그는 놀랐다. 그 식당의 주인이 음식 냄새에 대한 청구서를 가지고 왔기 때문이다. 그 가난한 사람은 자기 집안으로 달려 들어가 작은 금고를 가지고 와서 그 주인의 귀에 대고 흔들며 말했다.

"나는 이렇게 돈 소리를 들려줌으로서 음식 냄새의 대가를 지불하고 있소"

191

마음은 단지 냄새와 소리일 뿐이다. 그대가 무엇을 하든 마음은 냄새와 소리이며 진실한 것이 아니다. 그것은 모든 오류의 근원이다.

황제의 죽음

알렉산더에 대한 이런 이야기가 있다. 그는 죽기 전에 신하들에게 말했다.

"그대들이 내 시체를 거리로 운반할 때, 내 양손이 나오도록 하라. 그것을 덮지 말라." 이것은 생소한 일이었다. 아무도 죽은 뒤에 그런 식으로 운반되지 않았었다. 신하들은 이해할 수가 없어서 물었다.

"무슨 말씀이십니까? 이는 일반적인 방식이 아닙니다. 몸 전체를 덮는 것이 보통입니다. 왜 두 손이 나오기를 바라십니까?"

알렉산더가 대답했다.

"나는 내가 빈손으로 죽는다는 사실을 알리고 싶다. 누구나 그것을 보아야 하며, 아무도 다시는 알렉산더처럼 되려고 해서는 안 된다. 나는 많은 것을 얻었으나 사실은 아직 아무것도 얻지 못했으며 내 왕국은 거대하지만 나는 여전히 가난하다"

그대가 비록 황제라 해도 그대는 거지와 같은 모습으로 죽는다. 그때 모든 것은 꿈처럼 여겨진다. 아침에 눈을 뜰 때처럼 꿈은 깨어지고 모든 권력은 사라지며 왕국도 사라진다. 그래서 죽음이란 하나의 깨어남이다. 죽음의 순간에 남는 것이 진정한 것이며 사라지는 것은 꿈이다. 이것이 기준이다.

죽음의 의미

스승은 임종의 자리에서 그의 책과 그가 말했던 것을 쓴 글들을 한 곳에 쌓아 놓았다. 제자들은 한동안 스승이 하고 있는 행위에 대해서 어리둥절해 했다. 그런데 갑자기 스승은 그곳에 불을 지핀 것이었다. 그러자 제자들은 비명을 지르며 말했다.

"이게 무슨 일입니까?"

그 시절에는 인쇄기가 없었으므로 책이란 오로지 필사본 들 밖에는 없었다. 그리하여 그 책들은 사라졌다.

스승이 말했다.

"나는 가고 있다. 나는 뒤에 아무런 발자국도 남기고 싶지 않다. 나는 어떤 발자국도 남기지 않는다. 이제 나를 따르고 싶은 사람은 누구든지 그대 자신을 따르라. 나를 이해하려 하는 사람은 이제 자기 자신을 이해하라"

죽음이란 사라지는 것이다. 따라서 실체가 없는 삶이란 있을 수 없다. 누구든 살아 있을 때 최선을 다하여야 하며, 죽음 이후의 세계는 하늘의 뜻에.따라야 한다.

하나와 둘의 차이점

성자 투가람의 일생에 아름다운 우화가 하나 있다.

어느 날 집으로 돌아가는 길에 어떤 사람이 그에게 사탕수수 열 자루를 주었다. 그는 매우 가난한 사람이었다. 그러나 그는 집으로 오는 동안 많은 거지들과 아이들을 만났으며 그래서 그는 그 사탕수수를 그들에게 나누어 주었다. 그는 열 자루의 사탕수수 중에서 아홉 자루를 나누어 주었고, 한 자루만을 남겨가지고 왔다. 그는 매우 즐거웠다. 그는 무엇인가를 줄 수 있었으므로 행복했고, 그가 줄 것이 있었으므로 행복했다. 그는 사탕수수를 거지들에게 주었을 때 그들이 고맙다고 했기 때문에 행복해했으며 아이들이 매우 행복해했기 때문에 행복했다. 그들은 즐거워하며 사탕수수를 가지고 그들의 집으로 달려가곤 했다.

그는 집에 돌아가는 길이 아주 행복했다. 그는 그의 아내에게 모든 것을 말했다.

"어떤 사람이 내게 사탕수수 열 자루를 주었소. 그래서 나는 아홉 개를 나누어 주었고 나머지 하나를 당신과 나를 위해서 가져왔소."

물론, 아내로서 그녀는 매우 화가 나게 되었다. 그들은 가난했으며 그 사탕수수 열 자루는 그들의 양식일 것이었다. 그들은 하루 종일을 굶었으며 그런데도 그는 사탕수수를 거지들에게 나누어 주었던 것이다. 그녀는 그 사탕수수를 먹을 수 없을 만큼 화가 나서는 그 사탕수수를 들고 투가람을 때리기 시작했다. 그녀는 남편의 머리를 세차게 내리쳤다. 그러자 한 자루의 사탕수수는 부러져서 두 자루가 되었다. 투가람이 껄껄 웃으며 말했다.

"그래서 당신은 이원론자요. 나는 하나로 믿고 있는데 당신은 둘로 믿고 있군. 좋아. 이제 막대기는 둘이야. 당신이 하나 가질 수 있고 내가 하나를 가질 수 있지. 그러나 나는 우리는 하나라고 생각했고 그래서 한 자루로 충분하리라고 생각했었소."

인간의 마음은 모든 것을 둘로 환산한다. 당신이 빛과 어둠이라고 부르는 에너지는 하나이다. 그러나 당신은 그것을 두 개의 이름으로 부른다. 당신이 삶과 죽음이라고 부르는 에너지는 하나이다. 그러나 당신은 그것을 두 개의 이름으로 부른다. 당신이 미움과 사랑이라고 부르는 에너지는 하나이지만 당신은 그것을 두 개의 이름으로 부른다. 미움과 사랑이다. 상대적 개념으로부터 빠져 나오라.

방

언젠가 나는 아주 부유한 사람의 집에 머문 적이 있었다. 대부분이 그렇듯이 부유한 사람들은 많은 체험을 하지 못한다.

체험과 재산을 동시에 소유한다는 것은 어렵다. 심신을 닦는 것과 부유하게 되는 것, 영혼의 보다 더 높은 비약과 재산을 축적하는 것을 모두 소유하기는 아주 어려운 것이다. 그는 대단한 부자였다. 그는 인도에서 가장 큰 비디 제조업자로서 비디 왕이었다. 어쨌거나 그는 나에게 가장 좋다는 방을 내주었다. 그러나 그 방은 가구들 때문에 난잡했다. 그는 그 방에 무수한 가구들을 꾸며 놓고 있었다. 사용할 수 있는 공간은 거의 없었고, 안으로 들어가고 나가기조차도 어려울 지경이었다.

그는 나에게 물었다.

"그 방이 마음에 드십니까?"

나는 말했다.

"도대체 방이 없군요. 좋아하고 말고 할 것도 없습니다. 아무튼 그럭저럭 들어갔다 나왔다 하지요. 하지만 이건 방이 아닙니다."

그가 말했다.

"그게 무슨 뜻이죠?"

그는 고전적인 가구들과 현대적인 양식의 가구들을 많이 수집해 놓고 있었다. 라디오, TV 등 모든 것이 있었다. 그러나 방은 없었다. 방에 대한 그의 생각은 바로 그런 것들로 채워져 있는 것이었다. 그가 말했다.

"그렇지만 무엇이 부족한 게 있습니까? TV도 있고, 전화도 있고, 라디오와 전축도 있어요. 없는 게 뭐지요? 제게 말씀해 주시면 곧 주문하도록 하지요"

나는 말했다.

"나를 이해하지 못하는군요. 방에 대한 당신의 생각은 가구명세서에 지나지 않는 거요. 방은 사면의 벽 안에 있는 빈 공간이지요."

'방'이라는 말은 '비어 있음'을 의미한다. 우리의 마음도 비어 있어야 한다. 그래야 남의 생각도 남의 사상이나 종교도 인정 할 수 있다.

노자의 산행

노자는 그의 체험들을 쓰도록 떠맡겨질 때까지, 그의 일생에 대해서 침묵을 지켰다. 노자는 나이가 들자 히말라야를 향해서 가고 있었다.

그는 히말라야로 사라지기를 원했다. 그런데 마지막에 가서 중국의 경계초소가 그를 가로막고 나섰던 것이다.

초소의 파수병들은 노자를 그대로 보내줄 수 없었다. 왜냐하면 그들은 황제로부터 노자가 그의 체험담을 쓰지 않는다면 그를 나라 밖으로 내보내서는 안 된다는 명령을 받았기 때문이다. 그리하여 노자는 사흘 동안 그 곳에 머물며 책을 썼다.

그는 히말라야로 가서 여생을 보내고 싶었다. 죽기에 아름다운 곳, 히말라야는 참으로 죽기에는 아름다운 곳이었다. 죽기에 그 곳보다 더 좋은 곳을 어디에서 찾을 수 있겠는가? 그보다 더 좋은 어느 곳에서 산으로 사라질 수 있겠는가? 어디에도 그만큼 믿음이 두터운 산은 없다.

히말라야의 산봉우리들, 햇빛으로 빛나고 있는 천년설을 바라보면 온 세상이 황금으로 만들어진 것 같다. 그 차가움 속에서, 그 정화된 공기 속에서, 그 높이 위에서 바라볼 때 죽기에 그보다 더 좋은 곳이 어디에 있겠는가? 그보다 더 좋은 무덤은 없다.

당시 노자는 매우 늙어 있었다.

"좋아. 그대들이 강요한다면 쓰겠네."

노자는 문장의 첫머리에 도덕경이라고 썼다. 말하여질 수 있는 것은 참다운 도가 아니다. 말하여지거나 표현된 도는 이미 그릇된 것이다.

도라고 말하여 지는 도는 이미 도가 아니다. 그것은 표현 할 수가 없는 것이다. 따라서 안다고 말하는 자는 모르는 것이요, 무지한 사람만이 안다고 말한다. 진리의 샘물의 맛을 먹어본 사람만이 느끼고 알고 있을 뿐, 그 자신도 그 물맛을 설명할 수는 없는 것이다. 그렇기 때문에 도라고 말하면 도가 아니요 도가 아니라는 곳에 참다운 도가 실재하는 것이다. 그야말로 산은 산이요 물은 물이다의 경계이다.

진정한 이해

반 고호는 별에 닿을 만큼 커다란 나무를 그렸다. 태양과 달은 아주 작게, 그리고 나무는 크게 그렸다. 나무들은 점점 더 높아져서 별에 닿았다. 어떤 이가 물었다.

"당신은 미쳤소? 어디서 그런 나무를 보았습니까? 태양과 달은 그렇게 작고 나무들은 왜 그렇게 크오?"

고호는 말했다.

"나무를 바라볼 때면 나는 언제나 하늘에 가 닿으려는 대지의 욕망을 봅니다. 나무는 하늘에 가 닿으려는 대지의 욕망이오. 이것은 대지의 야심이죠. 대지가 할 수 없는 것을 나는 내 그림으로 할 수가 있소. 바로 이것이 내가 나무를 보는 방법이오. 하늘에 미치려는 대지의 욕망이 바로 그것입니다"

이것이 사물을 바라보는 길이다. 생각대로 그리면 그만이다. 거기에 그릇된 것은 아무것도 없다.

선택

한 남자가 법정에 나왔다. 경관이 말했다.

"이 남자는 미쳤거나 만취된 것 같았습니다. 길바닥에 앉아 있었습니다. 나는 여러 번 비켜나라고 말했습니다. 그러나 움직이지 않았습니다. 나는 깜짝 놀랐는데, 왜냐하면 그가 만취했다고 생각할 수 없었기 때문입니다. 그리고 그가 미쳤다고 생각할 수도 없었습니다. 그는 모든 면에서 온전한 듯 보였고 냄새도 맡아 보았습니다만 전혀 취해 있지 않았습니다. 그러나 대로변에 앉아서 움직이지 않았습니다."

판사가 말했다.

"나에게 말하라. 왜 당신은 거기에 있었는가? 당신은 경관이 몇 번씩이나 경고했는데도 불구하고 왜 비켜나지 않았는가?"

그는 매우 왜소한 사람이었으며 힘이 없고 빈약해 보였다.

그가 말했다.

"예, 나는 아내의 법과 정부의 법 사이에서 선택해야만 했습니다."

판사가 말했다.

"무슨 소리요?"

그가 말했다.

"내 처가 12시 정각에 그 길에서 만나자고 했습니다. 그래서 나는 선택해야만 했습니다. 물론, 나는 내 처의 말을 선택했지요."

판사가 웃었다.

"그 경우가 사실이라면 당신은 집으로 돌아가시오. 그런 문제라면 당연히 부인의 뜻을 선택해야 합니다."

아답, 그 이래로 그래왔다. 여성은 내면의 근원이다. 아니, 확실히 가장 깊은 그 곳의 원천이다. 그녀는 바로 한 가운데에 있다. 당신은 가장 깊은 핵을 영혼이라 부른다. 당신은 가장 외면인 곳을 육체라 부른다. 바로 그 양자 사이가 정신이며, 마음이다.

워싱턴의 도끼

어떤 사람이 베르논 산기슭의 골동품 가게 안을 두리번거리다가 꽤 오래되어 보이는 도끼를 하나 발견했다.

"저기 있는 도끼는 꽤 튼튼하고 오래되어 보이는군요."

그가 가게 주인에게 말했다.

"그렇죠. 저건 조지 워싱턴이 가지고 있던 것입니다"

라고 주인이 말했다.

"진짜 입니까? 정말 오래되었군요."

가게 주인이 대답했다.

"물론이죠. 그 동안 손잡이를 세 번이나 갈아 끼웠고 날을 두 번이나 바꾸었지요."

도끼는 손잡이와 날을 계속 갈아 끼운다. 사실 모든 것이 변하고 있지만 그래도 영원히 동일하게 남아있는 그 무엇이 있다. 그것은 과연 무엇일까?

진정한 바보

어느 큰 마을에 교활한 사람이 있었는데 그는 나쁜 말만 지어내곤 했다. 어느 날 그는 켄터키 산골에서 길을 잃어 의지할 데가 없게 되었다. 그는 한 시간 이상을 바위가 많은 산길을 따라 헤맨 후에야 이윽고 교차로로 나오게 되었다. 거기에 길 한쪽으로 비켜 서 있는 기묘하게 생긴 언덕이 하나 있었다.

"어이, 이봐!"

그는 외쳤다.

"이쪽 길을 따라 쭉 가면 어디가 나오지?"

"나는 잘 모르겠네."

그 언덕이 대답했다.

"그래? 그러면 저 왼쪽 길을 가면 어디가 되는지 말해 주겠나?"

그러자 그 언덕은 또다시 머리를 흔들었다.

"그 길도 잘 모르네."

약간 어리둥절해진 그 사내가 소리를 버럭 질렀다.

"이런 바보!"

그 언덕이 점잖게 말했다.

"그래도 나는 길을 잃지는 않을걸!"

자신의 우둔함을 모르는 사람들이 많다. 또한 모든 책임을 타인에게
돌리려고 하는 사람들이 많다. 그러나 결국 모든 업보는 자신에게 돌아오
고야 만다. 자업자득인 것이다.

의식과 무의식

나는 어느 술꾼과 한 동네에서 산 적이 있었다. 그는 몇 년을 내 이웃에서 살았다. 그는 매우 멋진 사내였다. 때로 그의 부인이 내게 와서는 말했다.

"제 남편이 아직 귀가하지 않았어요. 남편은 취해서 어딘가에 쓰러져 있을 거예요. 어두워져서 제가 찾아 나설 수가 없군요. 좀 도와주시지 않겠어요? 당신이 그이를 찾아주실 수 없을까요?"

그래서 나는 그를 찾아 데리고 오곤 했다. 나는 시궁창 또는 길바닥에 누워 있거나 우체통에 기대어 있는 그를 찾아내서 데려오곤 했다. 그러나 그는 역시 다치지 않았다. 아침이 되면 그는 달려 나갈 정도로 생기가 있었다. 그리고 저녁에는 또다시……

그를 주시해 보면, 한 가지 아주 분명해지는 것이 있다. 넘어질 때 그는 자기의식이 없었던 것이다. 그는 넘어질 때 단순히 넘어진다. 그는 아무런 저항도 하지 않는다. 당신은 넘어질 때 단순히 넘어지지 않는다. 당신은 넘어지지 않으려고 한다. 몸이 굳어지며 저항한다. 바로 그 저항에 위험이 있다. 몸이 굳어지면 당신의 뼈는 부러지게 된다. 땅이 당신을 해치는 게 아니라 당신 자신의 저항이 당신을 해치기 때문이다.

시각차이

어떤 사람이 예수의 상(像)을 만들고 있는 미켈란젤로에게 말했다.

"당신의 창작은 참으로 위대하군요."

미켈란젤로가 말했다.

"나는 아무것도 한 일이 없습니다. 예수님이 이 대리석 안에 숨어 계셨습니다. 나는 그저 그분이 해방되실 수 있도록 도와 드렸을 뿐입니다. 예수님이 이미 이 돌덩어리 속에 계셨으며 다만 조금 많은 돌 조각들이 필요 이상으로 달라붙어 있었을 뿐입니다"

그리고 그의 말은 계속되었다.

"불필요한 것이 예수님에게 달라붙어 있었고, 나는 그것을 쪼아 내었을 뿐입니다. 나는 예수님을 발견한 것에 지나지 않습니다. 결코 이것은 내가 창조해 낸 것이 아닙니다."

사실 그 대리석 덩어리는 건축업자들이 쓸모가 없어 내버린 것이었다. 새로 짓고 있는 교회 주위를 걸어 다니고 있던 미켈란젤로는 건축업자들에게 물었다.

"이 돌덩어리를 왜 버렸습니까?"

건축업자들은 대답했다.

"쓸모가 없으니까요"

그는 그것을 가져갔다. 그래서 가장 아름다운 예수의상 중의 하나가 이 돌덩어리에서 나온 것이다. 미켈란젤로는 이렇게 말하곤 하였다.

"내가 이 돌덩어리 옆을 걷고 있을 때 예수님이 나를 부르셨습니다. 예수님은 이 돌덩어리 속에 숨어서 말씀하셨습니다. '미켈란젤로여, 이리 와서 나를 풀어라!' 그래서 나는 아주 작은 일을 한 것에 지나지 않습니다."

사물을 어떻게 보느냐에 따라서 그것의 쓰임새는 달라질 수 있다. 모래와 자갈과 바위의 쓰임이 모두 다르듯이 이 세상 모든 물건들은 그 고유한 쓰임새를 내포하고 있는 것이다.

반대를 위한 반대

저녁 식사 때 한 가족이 모두 모여 있었는데, 장남이 이웃 집 처녀와 결혼하겠다고 발표했다.

"그 처녀는 물려받을 재산이 없어서 안 돼!"

아버지가 반대하였다.

"그 처녀는 돈 쓰는 게 너무 헤퍼서……"

어머니가 한 술 더 떴다.

"그 여자는 프로야구에 대해서 뭐 아는 것이 있어?"

막내가 물었다.

"어휴, 그렇게 주근깨 많은 사람은 처음 봤어!"

여동생이 빈정거렸다.

"그 여자는 하루 종일 책만 읽고 있더라."

아저씨가 투덜거렸다.

"그 애는 옷 입는 것이 촌스럽더라."

아줌마가 쏘아붙였다.

"그렇지만 그 애는 얼굴 화장만큼은 잊지 않고 잘하더구나.”

할머니가 맞장구를 쳤다.

“그러나 그녀에게는 저보다 훨씬 더 좋은 조건이 하나 있어요.”

아들이 말하였다.

“그게 뭐지?”

온 가족이 합창을 하였다.

“가족이 하나도 없다는 거예요!”

 사공이 많으면 배가 산으로 올라간다.

생각 차이

여자에게 싫증난 사람이 꾀를 부려 약혼을 취소하려고 하였다. 어느 날 그는 말하였다.

"우리는 성격 차이가 너무 커서 결혼하면 다투기만 할 것 같아. 아무래도 잘 어울리지 않는 것 같아"

"당신은 뭔가 잘못 생각하고 있어요. 우리는 비둘기처럼 서로 사랑하고 있잖아요."

여자가 말했다.

"아닐 거야, 우리는 의견이 맞지 않아. 매일 부부 싸움만 할 거야"

"아니에요. 우리는 로미오와 줄리엣 같을 거예요. 나는 당신의 완벽한 동반자가 될 수 있어요"

"내가 이렇게 말하는 이유는 우리는 어떤 문제도 서로 의논할 수 없을 것 같아서 그러는 거야"

"그렇지만 나는 그렇지 않아요."

그는 더 이상 참지 못하고 소리쳤다.

"글쎄, 내가 뭐라고 했어? 우리는 벌써 싸우고 있잖아!"

긍정적인 사고와 부정적인 사고는 엄청난 결과를 낳는다. 같은 출발점에서 시작된 사고이지만 생각의 차이는 하늘과 땅으로 결론을 갈라놓는다.

인생은

　몇 년 전에, 성공을 거둔 한 미국인이 심한 정체성 혼란을 겪고 있었다. 그는 정신과 의사에게 도움을 청해 보았으나, 아무런 도움을 받을 수가 없었다. 그들 중 누구도 그가 구하고 있는 삶의 의미를 전해줄 수 없었기 때문이다. 얼마 후 그는 히말라야 산맥 속의 가장 접근하기 힘든, 신비로운 지역에 살고 있다는 성스럽고 경이로운 지혜를 지닌 구루에 대한 이야기를 듣게 되었다. 그는 오직 그 구루만이 삶의 의미가 무엇이며 또한 삶에 있어서 자신의 소임이 무엇인지를 말해줄 수 있으리라고 믿게 되었다. 그리하여 그는 모든 소유물을 팔아버리고 전지(全知)한 구루를 찾아 나섰다. 그는 그 구루를 찾아, 이 마을 저 마을을 방랑하면서 8년이란 세월을 흘려보냈다. 그러던 어느 날, 그는 우연히 어떤 목동을 만나 그 구루가 살고 있는 장소와 그 곳으로 가는 길을 알게 되었다. 그 후, 다시 일 년이 지나서야 그는 마침내 그 구루를 찾아내었다. 거기에서 그는 백 살이 넘은, 진정으로 성스러운 자신의 구루를 만난 것이다. 구루는 그가 자기를 만나기 위해 바친 온갖 희생의 이야기를 듣고는 특별히 그에게 도움을 베풀 것을 승낙하였다. 구루가 물었다.

"나의 아들아, 내가 너를 위해 무엇을 해줄 수 있겠느냐?"

"나는 삶의 의미를 알고 싶습니다."

이에 구루는 아무런 주저함 없이 대답했다.

"삶은 끝없는 강이다"

"끝없는 강이라고요?"

그가 놀라서 말했다.

"온갖 고생을 마다하고 당신을 찾아 왔더니 당신이 고작 한다는 말이 삶은 끝없는 강이라고요?"

구루는 충격으로 몸을 떨었다. 그리고 크게 화가 나서 말했다.

"아니, 그러면 인생은 강이 아니란 말인가?"

그대에게 삶의 의미를 가르쳐줄 수 있는 사람은 아무도 없다. 삶과 삶의 의미는 그대의 것이어야 한다. 히말라야 역시 너를 도와줄 수 없다. 오로지 살아감으로써, 삶의 신비는 드러나는 것이다.

내면과 외면

며칠 전에 어떤 사람이 나를 찾아와 이렇게 말했다.

"나는 계속해서 외형적인 것의 희생물이 되면서 내면을 잊고 있습니다."

이 말에 종교적인 사람들은 고개를 끄덕일 것이다.

그래서 내가 물었다.

"구체적인 예를 들어 보라. 그것이 무슨 말인가?"

그가 말했다.

"예를 들자면, 나의 내면은 아내에게 충실해야 한다는 것을 알고 있는데도 계속해서 저는 다른 여자와 사랑에 빠지는 것입니다"

나는 이렇게 말해 주어야 했다.

"그대는 혼동하고 있는 것 같다. 그대는 무엇이 내면이고 무엇이 외면인지를 모르고 있다. 그대에게 있어서는 아내가 외면이다. 그런데 그대는 아내를 내면이라고 생각하고 있다. 그대는 아내를 사랑하고 있는가?"

그가 말했다.

"물론 그렇지 않습니다. 제가 그 여자를 사랑한다면 무엇 때문에 다른 여자와 사랑에 빠지겠습니까?"

그때 아내는 사회의 도덕적 규범과 자신의 에고, 또는 사회 안에서 유지시켜야 하는 자신의 이미지, 그리고 자기가 좋은 남편이라고 하는 가식에 의해서 만들어진 외면이다. 그런데 그는 그것을 내면이라고 생각하고 있다. 착각이다.

공포와 증오

아돌프 히틀러가 심한 우울증으로 고생했는데, 심리학자들은 그것이 어떤 감추어진 열등의식 때문이라고 말하고 있었다. 그래서 아리안족의 심리학자들을 불러서 치료하려고 해봤으나 허사였다. 그들의 분석으로는 아무것도 되지 않았다. 그래서 그들은 어느 유태인 심리학자를 초청할 것을 제안했다. 히틀러는 처음에는 유태인을 부르려 하지 않았으나 그 외에는 방법이 없음을 알고 승낙했다.

유명한 유태인 심리학자가 불려 와서 히틀러의 마음과 꿈 등을 깊이 분석하고 통찰한 뒤에 다음과 같이 제안했다.

"문제는 대수롭지 않습니다. 한 가지만 끊임없이 반복하십시오."

'나는 중요하다, 나는 의미 있다, 나는 절대 필요한 사람이다.'

"그것이 만트라가 되게 하십시오. 밤이나 낮이나 기억이 날 때면 반복하십시오."

'나는 중요하다, 나는 의미 있다, 나는 절대 필요하다.'

히틀러가 소리쳤다.

"그만둬! 당신은 지금 나에게 엉터리 충고를 하고 있단 말이야"

그 심리 분석가는 이해할 수 없었다. 그가 말했다.

"무슨 말씀이십니까? 왜 이것을 엉터리 충고라고 하십니까?"

히틀러가 말했다.

"나는 늘 거짓말만을 하기 때문에 내가 무슨 말을 하던 내 스스로 그것을 믿을 수 없단 말이야. 당신이 '나는 절대 필요하다'라고 반복하라고 할 때, 나는 그것이 거짓말이라는 사실을 알기 때문에, 결국 '나는 거짓말쟁이다'라고 말하는 셈이 되어버리잖아."

거짓으로 포장된 진실을 가지고 그대가 무엇을 반복한다면 그 결과는 거짓이 된다. 모든 것을 다 속일 수 있다고 하여도 자신의 양심은 속일 수 없기 때문이다. 자신을 있는 그대로 들어내어 놓고 사실을 인정하고 참회한다면 그때로부터 모든 문제는 풀린다.

꿈과 마음

장자가 꿈을 꾸었는데 꿈속에서 그는 나비가 되었다. 다음날 아침 그는 매우 우울해 있었다. 그의 친구들이 물었다.

"무슨 일인가? 우리들은 자네가 그토록 우울해 하고 있는 것을 본 적이 없네." 장자가 말했다.

"나는 당황하고 있네. 어쩔 줄을 모르겠네. 나는 이해할 수 없다네. 밤에 자는 동안 나는 나비가 된 꿈을 꾸었네."

친구들은 웃음을 터뜨렸다.

"누구도 꿈 때문에 그처럼 괴로워하지는 않네. 자네가 꿈에서 깨어났으면 꿈은 이미 사라졌는데 왜 그토록 고민하는가?"

장자가 말했다.

"그것이 문제가 아닐세. 내가 지금 당황하고 있는 것은 만약 내가 꿈속에서 나비가 될 수 있다면, 거꾸로 나비가 잠이 들어 장자가 된 꿈을 꾸고 있을 수도 있는 걸세. 장자가 꿈을 꾸어서 나비가 되었는지, 나비가 지금 장자가 된 꿈을 꾸고 있는지, 무엇이 진실인가?"

무엇이 진실인가? 그대는 꿈에서 나비가 될 수 있다. 그리고 그대는 삶이라고 하는 더 큰 꿈속에서 사람이 되어 버렸다. 그대가 깨달았을 때 그대는 깨달은 마음 상태를 얻는 것이 아니고 어떤 상태도 아닌 마음, 즉 무심(無心, no mind)에 이르는 것이다.

곰

전직 장관이었던 어느 정치가가 실직을 하였기 때문에 직업을 찾아 나섰다. 그는 평생 정치 외에는 아는 것이 없었고 무슨 전문 자격증을 갖고 있는 것도 아니었으므로 직업을 구하기가 무척 힘이 들었다. 그는 생각 끝에 어느 서커스단에서 직원을 모집한다는 말을 듣고 그곳의 단장을 찾아갔다. 그는 정치도 하나의 서커스라고 생각했고 뭔가를 할 수 있을 것이라고 믿었다.

그가 말했다.

"일거리가 있으면 좀 주시겠습니까? 난 실직을 했습니다. 지금 곤란한 지경에 있습니다."

단장이 말했다.

"마침 잘 왔소. 이곳 곰들 중에 한 마리가 죽었소. 당신에게 곰 의상을 주겠으니 그걸 입고 하루 종일 그저 앉아만 있으시오. 사람들은 분명 곰이라고 생각할 것이오."

그 일은 괜찮아 보였다. 그래서 전직 장관은 기꺼이 그 일을 수락했다. 그는 우리 안으로 들어가 곰 의상을 입고 앉았다. 그저 가만히 앉아 있었다. 그런데 15분쯤 뒤에 다른 곰한 마리가 우리 안으로 들어왔다. 그는 겁이 더럭 나서 창살께로 달려가 소리쳤다.

"이봐요. 나 좀 살려 주시요. 여기서 날 좀 꺼내줘요."

그 때 목소리가 들렸다. 이제 방금 들어온 곰이 말을 하는 거였다.

"당신만이 실직한 정치가라 생각하시오? 나도 전직 장관이오. 두려워하지 마시오."

삶은 온통 거짓투성이다 그 속에서 산다는 것 자체가 기적 아니겠는가? 거기서 진실을 찾을 수 있을까?

모기

한 세일즈맨이 남쪽 지방으로 출장을 갔다가 호텔에 투숙하게 되었다. 방으로 들어가 보니 큰 모기들이 그득했다. 그런데도 데스크 담당자는 모기장이 준비되어 있지 않다는 것이었다.

데스크 담당자가 말했다.

"손님께서는 이 호텔의 주인인 립 대령이 하는 방법을 따르는 수밖에 없습니다."

세일즈맨이 빈정거리는 투로 말했다.

"그래, 립 대령이라는 사람은 모기장도 없이 어떻게 잔다는 거요?"

데스크 담당자가 말했다.

"대령은 대단한 애주가입니다. 대령은 술을 잔뜩 마신 후에 잠자리에 들지요. 그러면 하룻밤 중 전반부는 술에 취해서 모기가 물어뜯어도 의식을 하지 못해요. 그리고 나머지 후반부는 모기들이 술에 취해 대령을 의식하지 못한답니다."

그대도 약을 먹어가며 잠을 잘 수 있다. 계속 잠을 자고 싶다면 약이나 술, 또는 스스로 행복한 기분이 들도록 도와주는 화학약품 등이 유용할 것이다. 그러나 행복은 결코 그런 것들을 통해 얻어질 수 없다. 그대, 진실로 행복해지고 싶다면 진짜 약을 먹어라. 깨달음이란 이름의 약을.

남편의 죽음

어떤 남자가 죽음을 맞고 있는데 그의 아내가 위로하고 있었다.

"여보 걱정하지 마세요. 곧 당신과 다시 만나게 될 거예요."

남편이 말했다.

"여보, 부정한 짓은 하지 않겠지."

그는 뭔가 두려워했다. 왜 죽음의 순간에 이런 말을 해야 하는가? 이런 두려움은 그에게 언제나 있었던 것이 분명했다. 어쨌든 아내는 굳게 약속했다.

"난 절대로 부정한 짓을 하지 않을 거예요."

남편이 말했다,

"만일 당신이 단 한 번이라도 부정을 저지른다면 난 무덤 속에서 돌아누울 거요. 내게 그것처럼 고통스런 일은 없을 것이니까."

그로부터 10년 후, 그의 아내도 죽었다. 저승 문 앞에서 수문장이 그녀에게 물었다.

"그대는 누구를 제일 먼저 만나고 싶은가?"

그녀가 말했다.

"물론 제 남편입니다."

"남편의 이름이 뭔가?"

"아브라함."

"그를 찾는 건 너무 어려운 일이다. 아브라함이라는 이름이 수백 명도 넘기 때문이다. 그러니 남편의 특징을 말해 보거라. 무슨 단서라도 있어야 찾지."

아내는 깊이 생각하다가 이렇게 말했다.

"그이는 마지막 숨을 거두면서 말하기를, 만일 제가 부정한 짓을 하면 무덤 속에서 돌아눕겠다고 했어요."

수문장이 고개를 끄덕이며 말했다.

"아하, 알았다. 그대는 비비 꼬여 있는 아브라함을 말하는 것이 분명하구나. 저 무덤 속에서 몸을 비비 꼬고 있는 사람인데 지난 십 년 동안 그는 잠시도 쉴 틈이 없었지. 모두들 그를 잘 알고 있다. 즉시 그를 불러오겠다."

이런 관계에서는 어떠한 신뢰도, 어떠한 사랑도, 어떠한 행복도 일어나지 않는다. 그대의 남편에게 아내에게 죽음이 왔을 때, 그대는 과연 무슨 생각을 할까?

행복한 사람

어느 곳에 한 왕이 살았다. 왕은 자신이 원하는 모든 것을 가지고 있었다. 그러나 그는 행복만은 갖지를 못했다. 따라서 왕은 불행하였다. 그는 마침내 '나는 기필코 행복을 갖고 말겠다.'고 결심을 했다. 왕의 신하들이 호출되었다. 왕이 말했다.

"나는 행복을 원한다. 나를 행복하게 만들라. 그렇게만 되면 내 그대들에게 굉장한 부를 줄 것이다. 그러나 만일 나를 행복하게 만들지 못한다면 모두들 무사하지 못할 것이다."

신하들은 당황하지 않을 수 없었다. 어떻게 왕을 행복하게 만들 수 있겠는가? 아무도 그 방법을 아는 사람이 없었다.

"시간이 좀 필요합니다, 전하. 내일 아침까지 말미를 주십시오."

그리하여 신하들은 밤새도록 궁리를 했다. 아침이 되어서야 겨우 한 가지 결론을 내릴 수 있었다. 밤새도록 경전들을 뒤져 보았지만 행복에 대해서 써 놓은 대목을 발견할 수 없었다. 실로 어려운 문제였다. 그러나 한 가지 묘안을 생각해 낼 수 있었다. 신하들은 왕에게 가서 말했다.

"아주 간단합니다."

"전하의 위엄이 바로 행복을 막는 장애물입니다. 전하께서는 행복한 사람을 찾아내어 그 사람의 속옷을 입으셔야 합니다. 그러면 전하께서는 행복하게 될 것이고, 행복이 무엇인지 알게 될 것입니다."

왕은 기뻤다. 행복한 사람의 속옷을 구해서 입는 것이야 쉬운 일이었다. 왕은 신하들에게 명령했다.

"어서 행복한 사람을 찾아 그의 속옷을 가져오라. 서둘러라!"

왕의 명령에 신하들은 서둘러 나섰다. 그들은 먼저 부자를 찾아가 속옷을 요구했다. 그러나 부자는 이렇게 말했다.

"당신이 원하는 속옷을 내드릴 순 있습니다. 얼마든지 드릴 수 있습니다. 그러나 나는 행복하지 않습니다. 나는 불행합니다. 나 역시 행복한 사람을 찾기 위해 하인들을 보낼까합니다."

신하들은 많은 사람들을 찾아다녔다. 그러나 아무도 행복

하다는 사람은 없었다. 그래서 그들은 모두 죽음을 각오해야
만 했다. 그들은 말했다.

"왕이 행복할 수만 있다면 우린 기꺼이 목숨이라도 내놓
겠다. 신하들은 비탄에 빠져 있었다. 어떻게 한단 말인가?
이제 그들은 왕의 명령을 거역하게 될 판이었다. 그 때 누군
가가 말을 했다.

"너무 염려하지 마시오. 내가 행복한 사람을 알고 있으니
까요. 여러분도 그가 부는 피리 소리를 들었을 것이오. 바로
저 강가에서 피리를 부는데, 가보면 만날수 있을 것이오."

"그렇군요! 저도 가끔 한밤중에 매혹되곤 했지요. 그렇게
아름다운 음률…… 아, 그는 대체 누구인가요? 그는 어디에
있을까요?"

"밤에 찾아보도록 합시다. 그는 매일 밤마다 강가로 나옵
니다."

그들은 밤을 기다렸다가 강가로 나갔다. 아닌 게 아니라
어떤 사람이 어둠 속에서 피리를 불고 있었다. 피리 소리는
너무나 아름다웠다. 그 음률은 행복에 넘쳐 있었다. 신하는
저도 모르게 외쳤다.

"이제야 그 사람을 찾았다!"

그들이 다가가자, 그 사람은 피리불기를 그쳤다. 그 사람

이 말했다.

"원하는 게 무엇이오?" 신하가 말했다.

"당신은 행복하지요?"

그 사람이 말했다.

"나는 행복하오. 그런데 당신은 무엇을 원하오?"

신하는 기쁨에 넘쳐서 말했다.

"당신의 속옷을 주셔야겠습니다."

그러자 그 사람은 침묵했다.

신하가 다시 말했다.

"왜 말이 없소? 당신의 속옷을 주시오. 왕께서는 당신의 속옷이 필요하오."

그 사람이 말했다.

"그건 불가능하오. 나는 아무런 속옷도 없기 때문이오. 어두워서 당신은 날 볼 수 없을 테지만 난 지금 벌거벗은 채 앉아 있소. 내겐 속옷이란 게 없소. 내 목숨이라도 줄 수는 있지만 속옷은 줄 수가 없소."

신하가 말했다.

"그런데 어째서 당신은 행복하단 말이오? 어떻게 당신이 행복할 수가 있소? 난 믿지 못하겠소."

"어쨌든 왕에게 같이 갑시다."

신하는 그 사람을 데리고 왕에게 갔다. 왕 앞에 나아가자 그 사람이 말했다.

"왕이시여! 행복을 바라십니까?"

"그렇다. 난 행복을 갖기를 원한다."

"왕이시여 진정 행복을 갖기를 바라신다면 행복을 원하는 그 마음을 버리십시오. 전 지금 알몸입니다만 옷에 대한 생각이나 나 자신의 존재조차도 갖고 있지 않습니다. 저도 이 모든 것을 잊어버리자 행복하게 되었습니다. 지금 이 피리도 내가 불고 있는 것이 아니라 '전체'가 나를 통해서 불고 있는 것입니다. 나는 비(非)존재이며 무(無)이며 공(空)합니다. 참된 공은 미묘한 유(有)를 포함하고 있습니다. 왕이시여! 행복 하시려면 행복하려는 마음을 비롯한 일체의 속박에서 벗어나십시오. 그래야 비로소 행복의 기쁨을 맛보게 될 것입니다."

왕은 그 사람의 말을 듣고 있던 중에 몸과 마음이 새털처럼 가벼워짐을 느꼈다. 이미 행복이거나 불행과 같은 관념도 없었고 무한한 법열(法悅) 속에 들어 있었다.

피리 부는 사람도 왕의 눈앞에서 연기처럼 홀연히 사라지고 없었다.

무엇을 원하면 원하는 만큼 괴로움이 따른다. 괴로움에서 벗어나려면 모든 것을 버려야 한다. 달을 가린 구름이 없어질 때만이 밝은 달을 볼 수 있는 것이다.

내부로부터의 행복

2013년　6월　10일 초판인쇄
2013년　6월　15일 초판인쇄
2015년　7월　31일 재판발행
2019년　3월　10일 3판발행
2019년　7월　 5일 4판발행

글쓴이 / 오쇼라즈나쉬
옮긴이 / 엄영성
펴낸이 / 김용성
펴낸곳 / 지성문화사
등　록 / 제5-14호(1976.10.21.)
주　소 / 서울시 동대문구 신설동 117-8 예일빌딩
전　화 / 02)2236-0654
팩　스 / 02)2236-0655,2952

정가 12,000원